［編・訳・著］伊藤詔子

新編 エドガー・アラン・ポー評論集

ゴッサムの街と人々他

＋［論説］コロナ時代に
ニューヨーク作家ポーを読む

A New Collection of Edgar Allan Poe's Critical Works:

Doings of Gotham and Others

+ [Essay] "Reading Poe as a New York Author in the Age of Coronavirus"

Edited, translated and written by Shoko ITOH

【新編エドガー・アラン・ポー評論集】

ゴッサムの街と人々他＋【論説】コロナ時代にニューヨーク作家ポーを読む／目次

訳者論説　伊藤詔子

【凡例】

1. 本書の翻訳の底本および初出テクスト情報については、それぞれ作品の扉に記したとおりである。ただしスパニュース＆マボット編 *Doings of Gotham: Letter I to VII* は一九二九年の出版後、いくつか活字の読み直し作業があり、本文そのものの修正が編者マボット教授によっても行われた。これらをすべて反映したのが Edgar Allan Poe Baltimore Society のサイトで読めるEテクスト Edgar Allan Poe (Spannuth, Jacob E. and T. O. Mabbott, eds., "Letter 01 to 07" Doings of Gotham: Poe's Contributions to The Columbia Spy (1929), *Doings of Gotham* である (http://www.eapoe.org/balt/poebalt.htm)。翻訳は両者を参照したうえで、本文の変遷により、より新しいEテクストに従った。マボット教授の序文については一九二九年版、Eテクスト版とも変更はない。
2. 固有名詞のうち主要な人名、雑誌名については初出時にカタカナ表記の次に(原語)を記した。
3. 文中の語で訳註をしめすときには［　］で記した。
4. 1で示した各評論作品の翻訳底本についている註は、原註と記し、訳註は＊1、2、3の番号を本文に振り、Eテクストまたはハードの底本原註の後ろにつけた。
5. 引用後のページは、和文文献からは漢数字で、欧文文献はアラビア数字で記した。
6. ポーの手紙引用は Poe, Edgar Allan. *The Collected Letters of Edgar Allan Poe*. Ed. John Ward Ostrom, Burton R. Pollin, and Jeffrey A. Savoy,（New York: Gordian, 2008）からとし、引用後に（L 巻数：頁）を記した。
7. ポー作品の引用は Mabbott, Thomas Ollive, ed. *The Collected Works of Edgar Allan Poe*. 3vols.（Cambridge: Belknap, 1969-78）からとし、拙訳引用後に（M. 巻数：頁）を記した。

訳者による序文
——幻のニューヨーク論『ゴッサムの街と人々』他ポー評論集の背景について

伊藤詔子

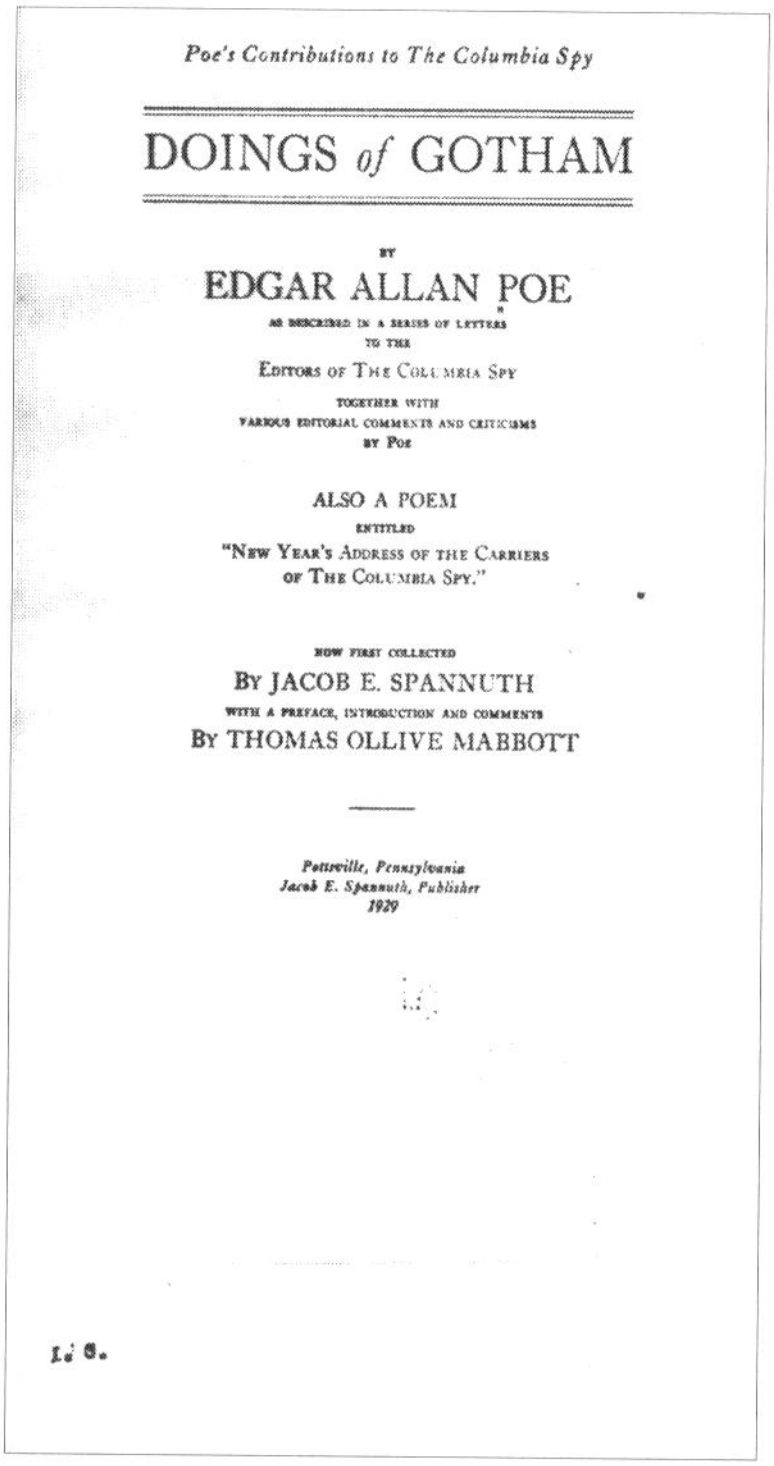
Poe's Contributions to The Columbia Spy

DOINGS *of* GOTHAM

BY

EDGAR ALLAN POE

AS DESCRIBED IN A SERIES OF LETTERS
TO THE
EDITORS OF THE COLUMBIA SPY
TOGETHER WITH
VARIOUS EDITORIAL COMMENTS AND CRITICISMS
BY POE

ALSO A POEM
ENTITLED
"NEW YEAR'S ADDRESS OF THE CARRIERS
OF THE COLUMBIA SPY."

NOW FIRST COLLECTED
BY JACOB E. SPANNUTH
WITH A PREFACE, INTRODUCTION AND COMMENTS
BY THOMAS OLLIVE MABBOTT

Pottsville, Pennsylvania
Jacob E. Spannuth, Publisher
1929

T. O. マボット（Thomas Ollive Mabbott）版テキスト
マイクロフィルムの表紙と見開きページ。

本書に翻訳収録した『ゴッサムの街と人々』(*Doings of Gotham*) は、ニューヨークの街の発展や喧噪、文壇事情を、エドガー・アラン・ポー (Edgar Allan Poe) が、フィラデルフィアのとある小さな出版社『コロンビア・スパイ』(*Columbia Spy*) に七回にわたって書き送った書簡文学である。この作品はニューヨークがマガジニスト・ポーをいかに生み出したかを窺うことのできる重要な作品である。T・O・マボット (Thomas O. Mabbott) が序で「アーヴィングは世紀初頭の少し眠そうな街を私たちに見せ、ホイットマンは南北戦争の直前と直後のメトロポリスを私たちに示し、ポーはこのふたりの間の時代の成長期のニューヨークの写生を私たちに与えてくれます」と述べるように、ポーの文学の理念であった「文学的アメリカ」(“literary America”) の一環であるニューヨーク論としても、秀逸なものである。タイトルは作品の意を汲んで『ゴッサムの街と人々』と意訳した。

一八四四年四月、フィラデルフィアからニューヨークに移動してきたポーは、まず「軽気球夢譚」(“The Baloon Hoax”) を四月一三日付で『ニューヨーク・サン』(*New York Sun*) から出版すると、その勢いを借りるかの如くその出版事情を書き記した記事等を、手紙の形で『コロンビア・スパイ』に書き送り、続いて矢継ぎ早に未曾有の出版文化が発展しつつあるニューヨークの情報を送った。古都フィラデルフィアとはまた異質な活気ある大都会の状況を、生き生きした文体で、比類なき雑多な話題についてジャーナリスティックな筆で書いている。この作品の意義については論説で

Writing New York: A Literary Anthology.（Ed. Phillip Lopate. 10th ed. New York: Library of America, 2008》の表紙。この本の p.90-106 に “Doings of Gotham” の抜粋がある。

述べることとし、この作品が邦訳されないまま今日に至った経過に触れたい。

一九二九年ペンシルヴァニア州、ポッツヴィルの出版業者、ジェイコブ・E・スパニュース（Jacob E. Spannuth）は、『コロンビア・スパイ』の若い社主であったエリ・ボウエン（Eli Bowen）を知り、ボウエンの多くの文書の探索からポーがボウエンに宛てた手紙の発見に至ったという（スパニュース　まえがき xi-xii）。[1] その後の文書の大探索と編集の詳細は編者マボットの序文に譲るとして、マボットはついに七つの手紙を編集し、その他にもポーのものと思われる文書を、一冊の本 *Doings of Gotham* としてポッツヴィルで七四九冊の限定本として、編者のサイン入りで出版した。この本にはスパニュースのまえがきとマボットの序文、マボットの詳細な本文註およびポーからボーエン宛の私信やエッセイ等の文書（目次参照）もついているが、本書は、七つの書簡体の記事からなる *Doings of Gotham* 本文を翻訳した。というのも、その他の文書の一部は、その後ポーのオーセンティシティに問題があることがわかった。この作品は、版権問題からその後のいかなるポー全集、作品集にも収録されることはなかったが、七つの書簡からなる *Doings of Gotham* は、いまではポー作品としてこのマボット編原本がよく引用言及されている。[2] ボルティモアポー協会は、会長のジェフリー・サヴォイ教授によると、版権保持者であるマボット教授の遺族（the Estate of T. O. Mabbott）と交渉して、『コロンビア・スパイ』の雑誌の活字復元とマボット原本を照合して、マボット版の明らかなエラーを修復したうえでボルティモアポー協会のサイトに「*Doings of Gotham* 七つの手紙」を掲載した。

もちろんポーの作品は日本に深く浸透し、日本文学の近・現代作家でポーの影響を受けていない作家がほとんどいないくらいその影響は普遍的である。この裏にはポーの日本語翻訳の長い歴史があり、日本の近代化と怒涛の波のような外国文学移入の中、ポーはその波の先端にあり、一八八七年（明治二〇年）『読売新聞』に掲載された饗庭篁村による「西洋怪談、黒猫」という翻案に始まるポー翻訳の長く時代ごとに更新される歴史と経緯があった。明治に始まり、大正、昭和と営々と続き、最近の平成の翻訳集も二種を数える。[3] それら翻訳作品書誌研究も多く翻訳通史をまとめた本や文献も多い。[4]

ジャンル的にはこれほどではないポーの批評作品においても、主要な詩論「作詩の哲理」「詩の原理」「韻文の原理」「B――への手紙」「マルジナリヤ（Marginalia）」等が渉猟され翻訳されてきた。東京創元新社の『ポー全集』第3巻（一九七〇）は、最も網羅的なものであり、個人訳としては尾形敏彦『詩人E・A・ポー』（山口書店、一九八七）が主要詩論を収録している。「ロングフェロー『バラッド』論」他五編の本邦初訳評論を収録しているのは八木敏雄『ポー評論集』（岩波書店、二〇〇九）である。

しかしポーには文学批評のみならず無数の書評（Review）や短文（Margiralia）がまだまだあり、これまで邦訳がなく日本ではあまり知られてこなかったものも多い。その筆頭が『ゴッサムの街と人々』であり、この作品の意義はマボットが序文でいうように「ニュースやゴシップの収集家としてのポーの作品を見ることができる」のであり、マガジニストとしての本領が発揮されたニューヨーク作家ポーの姿を真正面から見ることができる点にある。

第Ⅱで収録したのはマガジニストとしてのポーの実像を伝える関連のニューヨーク物エッセイ「雑誌社という牢獄秘話」である。ポーが社主兼編集者となった『ブロードウェイ・ジャーナル』掲載のもので、当時のポーのようなマガジニスト文人が置かれていた劣悪な労働環境が如実に窺えるのみならず、ニューヨークでの次第に悪化していく妻ヴァージニアの病状やポー自身の肉体的衰弱、文壇事情等が窺える貴重な作品である。『ブロードウェイ・ジャーナル』にはこの他多くのポーの記事があり、ポーリンにより二冊にまとめられている。

第Ⅲは、“Instinct vs Reason: A Black Cat” で、「黒猫」とは別々に発表された「直覚対理性」（一八四〇）

である。マボットのポー作品選集（*Collected Writings of Edgar Allan Poe*）が編まれるまでこの「黒猫」序文の存在は知られていなかったといえるだろう。またこの超傑作とその序文は、一見したところ関係が薄いと考えられてきたふしもあるが、実に重要な「黒猫」への序文的エッセイであり、本文「黒猫」との関係について論説を加えた。

第Ⅳの「ダゲレオタイプ論」（"The Daguerreotype"）［parts 1, 2, 3］としてまとめたものは、それぞれが断片的な短い記事で、注目されるのが遅れた。しかしポーの新しい表象メディアへのいち早い関心を如実に語るものであり、時期的にもポーの編み出した探偵小説ジャンルと深い関係にあることは、拙論「ダゲレオタイプ、ポー、ホーソーン」（『ディズマル・スワンプのアメリカン・ルネサンス』（一七一～九一頁）で詳述したとおりである。また、ポーの科学的知識が披露されていて、それは以下に繋がるものである。

第Ⅴの「貝類学手引書——序文」"An Introduction to The Choncologist Handbook"（一八三九）は、トマス・ワイヤット（Thomas Wyatt）の事典そのものが非常に売れて当初ポーの名で出版され、再販時ポーの名は消されたが、ポーが序文を書き、五〇ドル受領したことが判明している。ポーの自然史家の面目躍如の作品である。『アーサー・ゴードン・ピムの冒険』で百科事典的に登場する多くの海の生きもの、特に貝類にポーは深甚な関心を持った。この序文は『アーサー・ゴードン・ピムの冒険』とともにそれ自身偉大な海の自然史を構成しており、その意味でハーマン・

メルヴィル『白鯨』の「鯨学」の章にも匹敵するものといえよう。この序文は、貝類学というポーの専門的知の体系への志向を示す。この事典そのものがよく読まれ、早くからポーの作品であることは知られていたが、翻訳は内容からして極めて難しい面もあった。ポーが自然史の側面でも深い知識を持っていたのみならず、「直観対理性」からも窺える生きものや生物全体について、エコロジカルな先見性を持っていたことを物語る貴重な作品である。

第Ⅵの「スフィンクス――謎の雀蛾」（一八四六）は、「アモンティラードの樽」とともにポーがニューヨークで書いた作品で、一八三二年にニューヨークを襲ったコレラを素材としている。絶えず関心を持ち続けた疫病というテーマの最終形に当たる。「赤死病《せきし》の仮面」等ポーの終末論的疫病譚は、庭園譚と並ぶ一大ジャンルであり、この作品はパンデミックものの最後に当たる。丸谷才一氏の古典的かつ荘重な感じの翻訳があるが、コロナ禍に苦しむ二一世紀の我々に、この論考発表の三年後には死を迎えることになったニューヨーク作家ポーは何を語りたかったのか、現代語訳を試みて新しい解釈の論説もつけた。

以上の作品群前半は、ジャーナリスティックなすさまじいばかりの筆力を示す貴重なテクストでもあり、ニューヨークにおけるマガジニスト、ポーの生成過程を読み取ることができる。もちろんこれら以外にも多くの断片的記事で未邦訳作品は多い。しかしある程度まとまりしかも重要であるにもかかわらず邦訳されてこなかったポーのテクストを訳すことは、訳者の長年の課題でもあり、収録作品を選択し、断片的な仕事をここにやっとまとめることができた。これらは本邦初訳というだけでなく、テクストは確定していても註はほとんど出ていない。研究も少ないことから翻訳には思わぬ問題が生じ、間違ったところがあるかもしれない。今後の研究のための基礎的仕事として、まずは本文の所在等を把握し新編選集を作成した。

伊藤　詔子識　二〇二〇年七月四日
（アメリカ独立記念日）

【註】

（1）*Doings of Gotham Letter I~VII: Poe's Contributions to the Columbia Spy.* Spannuth, Jacob E. and T. O. Mabbott, eds. (Pottsville, PA, 1929), pp. xi-xiv.

（2）唯一の例外はイラストにあげた二〇〇八年にでた『ニューヨーク文学アンソロジー』である。

（3）巽孝之訳『モルグ街の殺人・黄金虫――ポー短編集Ⅱ　ミステリ編』新潮社、二〇〇九。『黒猫・アッシャー家の崩壊――ポー短編集Ⅰ　ゴシック編』新潮社、二〇一五。『大渦巻への落下・灯台――ポー短編集Ⅲ

SF&ファンタジー編』新潮社、二〇一五。鴻巣友季子、桜庭一樹編『ポケットマスターピース09　E・A・ポー』集英社文庫ヘリテージシリーズ、二〇一六。

（4）川戸道昭、榊原貴教編『明治翻訳文学全集　新聞雑誌編　19　ポー集』川戸道昭、大空社、一九九六。中村融「日本でのポー　1書誌―大正1年～昭和11年（改訂版）」から13．茨城大学教養部紀要1―13。宮永孝『ポーと日本　その受容の歴史』彩流社、二〇〇〇。池末陽子「E・A・ポー主要著作目録」鴻巣友季子他訳『ポケットマスターピース　E・A・ポー』（集英社文庫ヘリテージシリーズ、二〇一六）七八七―七九九。Tatsumi, Takayuki. "Editing and Anthologizing Poe in Japan." *Anthologizing Poe: Editions, Translations, and Trans-National Canons. Perspectives on Edgar Allan Poe*. Eds. Esprin, Emron and Margarida Vale de Gato, Ohio UP, 2020.

I　『ゴッサムの街と人々
――「コロンビア・スパイ」への
七つの手紙』

Text: *Doings of Gotham Letter I~VII: Poe's Contributions to the Columbia Spy*. Spannuth, Jacob E. and T. O. Mabbott, editors, Pottsville, PA, 1929

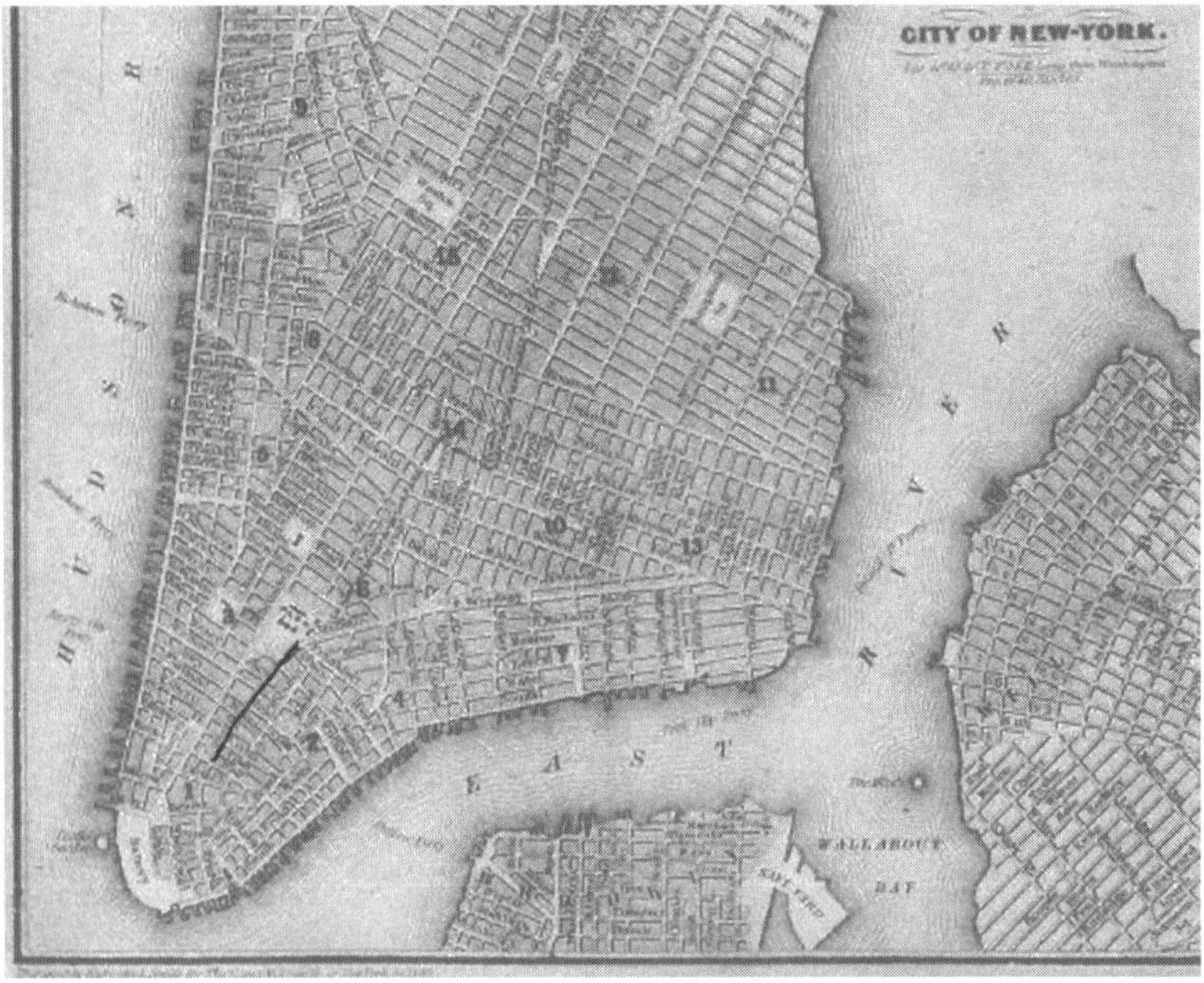

（上）*The great metropolis, or, guide to New-York for 1846* By Dogett, John p.8. 左下の太線部分がナッソーストリート。

（下）*Ephemeral Newyork* より。
https:ephemeralnewyork.wordpress.com/tag/edgar-allan-poe-84th-street/

マボットによる序 (INTRODUCTION pp.xv-xxi)

ポーは本質的に詩人で、彼の最大の人気は、短編小説作家としての作品にありました。しかし彼は生計手段を常にジャーナリズムの仕事から得ていました。この仕事のほとんどの仲間と同様に彼は非常に多才であり、手元にある素材から最高のものを生み出す最高のジャーナリストでした。ポーの経歴を調査する私たちは、ときどき、彼がそこに費やした多くの時間を残念に思うほどです。

編集者と書評家としての彼の才能は素晴らしいものでしたが、彼の気質は、安定した経営的な仕事にさえ合うようなものではなく、まったく知らない人か、その主義主張が彼を怒らせない人々の作品を扱ったときを除いて、書評家としての仕事を過度に親切にあるいは粗野なものにさせたのでした。彼の書評が、注意深く読んでも十分な印象を伝えられなかったという意味ではありません。しかし、それが平凡な読者の目にも不公平であることは、モノのわかった読者には否定できないことでした。

ポーが生きていたときでさえ、国は詩人に対してささやかな年金程度の投資をすべきだと仄めかす人はいました。しかし、それはアメリカでは期待できそうもなかったので、――そして私たち自身の時代ですら、文人は生活の必需品だけを買うために、教える仕事か新聞記事を書くことくらいにしか目を向けざるを得ないので、詩人にとってマガジニストの仕事よりも適した活動が見つかっていたらと人は往々にして願うのです。といっても彼が教えるのは想像もつきません。しかし、良く売れる新聞社に職を得れば彼はいろいろな特集記事の書き手になっていただろうということなら十分想像ができます。とはいえ、特集記事の執筆は高度に発展した芸術とは言い難く、短編小説の技法を完成させた作家であるポーが、別の芸術をその最高点へ発展させると期待されると思った人はまずいなかったでしょう。しかし、少なくとも数週間にわたって、ポーは彼の時代に最も人気のあった「特集」の類を、まさに軽い気持ちで試してみたのです。つまり、それが書簡体の旅行記というジャンルだったのです。

　彼自身の高名さに比して――そして、この本に収録されている記事の卓越さに比して――ポーがペンシルヴァニア州コロンビアの街のほとんど無名の新聞である『コロンビア・スパイ』のために執筆したことはおそらく残念なことでした。かといってこの新聞社は世に埋もれていたわけではなく、それは私たちの時代でいうとおそらく『スプリングフィールド・リパブリカン』に匹敵する地位を占めていました。しかしジャーナリズムの事情はこの八〇年間であまりに変化しているので、どんな比較も的外れにちがいありません。ただし、発刊の状況こそが実際にその後の何年もの書簡の紛失の原因となったのであり、一通の書簡を除いて、この資料のほとんどは我々読者にとっても完全に新しいものです。とはいえ、コロンビアでの発刊の事実こそが、実はポーに人を面白がらせる主題としてのニューヨークを選ぶことを可能にしたのです。

こうして私たちは、ここにニュースやゴシップの収集家としての彼の作品を見ることができることになったのです——彼が「コラムニスト」の前身として仕事をしているのを見ることができます——彼が生活し、そして彼が『大鴉』に思いを巡らせながら、どちらかというと検閲官のように鋭い目で観察しながらぶらついた街のニュースを読むことができるのです。今と同じように当時も、アメリカでおそらく最も興味深い都市がどんなものだったかについて、彼の類まれで新鮮な印象が列挙されています。私たちはいったいだれの目を通してニューヨークを見ようとするか考えてみましょう。アーヴィングは世紀初頭の少し眠そうな街を私たちに見せ、ホイットマンは南北戦争の直前と直後のメトロポリスを私たちに示し、ポーはこのふたりの間の時代の成長期のニューヨークの写生を私たちに与えてくれます。

ポーはもちろん、都市を記述するガイドブック、小説、または一連の詩を書くのに何らかの体系的なやり方で着手したわけではありません。彼の目的は、単に街の主な光景のいくつかの鮮やかな写生を少々のゴシップをちりばめて映し出すことでした。ゴシップの内容は主に文芸ですが、殺人事件等幾分ニュース的な出来事を扱ったものもたまにありました。彼の論調は、大きくとらえれば、私が思うに、当時最も人気のあった軽快なジャーナリスト、N・P・ウィリスのようなものを意識していたのでしょう。ポーが選んだタイトルは、「道草のスケッチ」（“Pencillings by the Way”）の著者の共感的承認を勝ち取ったかもしれないものであり、「スリップショッディティーズ（Slipshodities）」［N・P・ウィリスのコラムのタイトル］という見出しのコラムの執筆者は確かに奇怪さの点でそれを凌いでいました。けれどもポーはおそらく、彼がウィリスの聴衆よりも洗練されていない聴衆に書いているのだと、そしてまた、期待すべき個人的好感も恐れるべき個人的悪意も彼がほとんど感じ取ることのない聴衆に書いているのだと信じていました。またポーは、彼の目に触れた些細な弱点や不条理を、彼としては珍しく自由に書いています。論調は、往々にして風刺が効いていて――味付けはときに苦く、ポーがかつてF・W・トマスに書いたものを想起させるほどでした――つまり、孤独な生活が彼を「オオカミの様に野蛮に」したのです。この野蛮な論調を、古書研究家は嘆くかもしれず、世紀後半の残酷さの増した時代の学生は意外に感じるかもしれません。しかし、一八四四年の私たちの先祖の芸術的嗜好および市民的嗜好はどんどん悪くなりこそすれ良くはなかったのです。そして、ほとんどの読者は、ポーの物語の、より意図的に練られあまり功を奏していないユーモラスな部分のほとんどよりも、これらの写生文にクスッとさせられることが多いと気づくでしょう。第三者としてのポー自身への時折の言及は、彼のやり口を知っている者ならだれも驚かないでしょうし、彼の匿名の記事は、（バイロン卿の会話のように）彼自身についてということもしばしばありました。世間は主題が興味深いものであることに同意しているのですから、仮にこれが謙遜でなかったとしても私たちは文句を言わないほうがよいでしょう。序文についてはこの程度にとどめます。おそらく一ページないし二ページを鑑定に供することになるでしょう。事実は、『コロンビア・スパイ』への書簡のうち少なくとも三通の、ポー独特の筆跡の原稿は私たちに届いており、したがって彼の新聞社とのつながりは以前より知られていた、ということです。

これらの書簡は明らかに連載の一部であり、残る仕事は新聞社のファイルを見つけることだけでした。私が長年やろうとしていたのはこのことです。スパニュース氏もそうでした。他の方々もそうでした。ところが、一九二七年の初めに私はスパニュース氏に、氏がどのような成功を収めたかを尋ねる手紙を書き、彼の「まったく何もありません」との返信を受けて、私は再び筆をとり、おそらく私が現実に感じているよりも成功を願う気持ちを大きく表現する手紙を書いたところ、その結果彼はもう一度試してくれました。その試みの結果は成功でした――ポーが既知の手稿の宛名にしていたボーエンとゴスラーによって編集されていた期間の『コロンビア・スパイ』の完全ファイルの発見だったのです！

ポーの新聞社との関係を説明するために最も有用なことは、おそらく、『コロンビア・スパイ』のコラムで彼に対してなされた編集上の書き入れすべてを、それらの発刊順に完全に印刷することです。発刊日は全手紙で与えられています。付け加えることがあるとすれば、文学的な出来事では常に倹約家であったポーが、彼に帰するほとんどすべての文書を鑑定するために、自身の『スパイ』書簡から相当数の文章やアイディアを抜き出して彼の後年の『マルジナリア』に挿入したということについてはさらなる鑑定を要するということです。

テクストを準備するに当たって、私たちはオリジナルの新聞の綴りと句読点に従っていますが、明らかな誤植は訂正しています。というのも、知的な人なら少し考えたらどういう意味か推測できたかもしれないとはいえ、何度も読み返した後にようやく理解できるというナンセンスを再現するよりも、編集者は自分の執筆者のテクストを執筆者がそのように公開されるべきと意図したように印刷する、というのがむしろ編集者の義務であるように思えるからです。

ポーに帰する作品の場合、今私たちの前にある彼のオーサーシップについての賛否両論の証拠すべては、率直に且つ人の目でみて可能な限り予断なく公平に提示されています。一六本の記事のうち、七本はポーによって彼のイニシャルが署名されていて『コロンビア・スパイ』の編集者によって全面的に認知されており、別の一本はポーの筆跡で保存されており、また別の一本はポー自身による彼のオーサーシップについて、わずかにベールに包まれた言及によって認知されています。さらに別の三本の記事は、ボーエンによって、一本は直接的に二本は暗示的に、ポーに帰するとされています。強力な内的証拠には二本の署名されていない記事が公開され、そのような事例で通常提示されるよりも強力ではあるが確実に決定的とはいえない内的証拠、そして外的証拠としては詩が公開され、そして一つの短い段落が、ポーのものである可能性があるという理由で「所与のものとなって」いますが、だれもそれを確信することはできません。これらの記事すべての中で、これまでに本の形で完全にアクセス可能であったのは一つだけです。

註釈は選択的ですが私はそれで十分だと思っています。例えば、ポーの他の著作では顕著な言葉の並列が注目されてきましたが、私はこれに関しては完全性を主張しません。私はポーの読者にとって興味があるもしくは理解するのが難しいと私が思う節のほとんどに註釈をつけようと努力していますが、とはいえ私はまだポーの記述ひとつひとつを検証できていませんし、彼が言及した知名度の低い名前ひとつひとつに光を当ててもいません。私の主な言い訳は、つまりこれを行うには、初期の新聞社のファイルに容易にアクセスできる状態で常に非常に大きな図書館の近くでテクストを数年間手元に置いておく必要があり、その間は、資料が発見されて以来、私には大きな図書館を訪れる機会がたまにしかなかったからということです。しかし、私が自分の心の中に在ると認める疑問すべてにここで回答することができたなら、おそらく私は飽き飽きされたはずです。

註釈の形――記事それぞれに単一の長い説明的なメモをつける――というのは率直に言って実験的です。つまりそれは私の友人のメアリー・ニュートン・スタナード夫人がバレンタイン博物館の「ポーの書簡」の彼女の秀逸な版で使用している方法の拡張型です。ポーの批評的で多岐にわたる著作物への言及は、通常、記事が最初に登場した日付と雑誌を含むように作られてきました。このやり方では、読者は、その記事をそれがすでにポーについてのハリスンのヴァージニア版に収録されていれば見つけることができます。そして言及はさらに、ポーについてのよりくまなく投影されたコロンビア大学版へのガイドの役目も果たすでしょう。そこでは私は空想的でない散文を刊行場所および刊行日で、編集したいと思っています。

学術的な作業を準備するうえでは、他の多くの学者、図書館員、そして友人に大変お世話になります。一方で、特定の仕事を手伝うために特別に骨を折ってくださった方々に感謝したいと願います。この場合、私は、アメリカ古書協会のC・S・ブリガム氏に新聞を見つけるのを手助けしていただいたことに対して、またエドモンド・L・ピアソン氏に特定の歴史上の犯罪への照会に対して、感謝を申し上げます。ネルソン・F・アドキンス博士は、私のメモの大部分について私と論議してくださいました。『コロンビア・スパイ』からのポーのテクストのタイプ打ち原稿の氏の入念な準備に対して、モーリーン・コブ・マボット氏にはとりわけ感謝を表します。『パブリック・レジャー』からの資料は、ニューヨーク公共図書館にある原文紙面のフォトスタット複写から印刷されており、一八四四年六月の『グレイアムズ・マガジン』からの記事は、J・E・スパニュース氏所蔵の当該課題についての数ページの複写から印刷されています。

一九二九年八月二六日

T・O・マボット

Seven hundred and forty-nine numbered copies of DOINGS OF GOTHAM have been printed from type which has been distributed. Numbers one to thirty-six are large paper copies signed by the editor and publisher.

Number..................

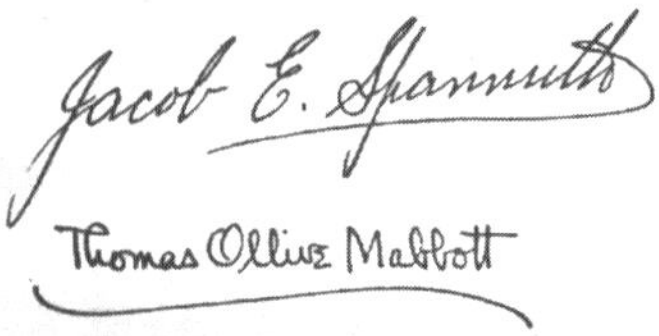

CONTENTS

[ix]

（左）スパニュースとマボットのサイン
（右）マボット版テキストの目次ページ
七通の書簡以外に六篇の記事も収録されている。

「手紙1　一八四四年五月一四日、ニューヨーク発」

Text: Edgar Allan Poe, "Doings of Gotham [Letter I]," *Columbia Spy* (Columbia, PA), vol. XV, no. 4, May 18, 1844, p. 3, col. 2.

『コロンビア・スパイ』編集者諸氏、あなた方の提案に従い毎週一回書簡[*1]の形でゴッサムのよもやま話をお届けし、読者諸氏にかの地の或る部分に精通《アウ・フェイ》(au fait) していただくことは、私にとって大きな喜びです。とここでまずはじめに「或る部分」を「不確定な」と読み解いていただければ、読者諸氏はより容易に私の構想へとたどり着けるでしょう。というのも実際のところ、私は主に噂話［gossip］を扱うつもりなのです——噂話、その帝国は無限、その影響は宇宙的、その心酔者は大群——噂話、それは社会の真の安全弁——人類の目覚めている存在全体の少なくとも八分の七を夢中にさせる、そんな噂話を扱わないわけにはゆかないからです。それはバシリウス［教父 saint Basil, 330?-79］によって「おしゃべりのためのおしゃべり」と呼ばれている以上にもっとうまく定義されたためしがなく、それを稼業そして生きがいとしたレディ・ウォートレー・モンタギュー［Lady Wortley Montague, 1689-1762. 旅行家で英国文人。故国への書簡集が有名］による以上に遍く把握されたこともありません。世界と同じ広がりを持つとはいえ、始まりもなければ真ん中も終わりもないということはご存知の通り。したがって、噂好きな人のことを「彼はいきなり話の真っ只中へ《イン・メディアス・レス》（*in medias res*）飛び込んできて話を始める」と言ったのは鋭敏とはいえません。この点で自分に都合よく思い違いをしたのはジェレミー・テイラー（Jeremy Taylor）でした。というのもはっきりいって、あなた方のゴシップ屋は一切、話の口火を切らないからです。彼は口火を切られるのです。彼はすでに口火を切られている。彼は常に口火を切られているのです。結末に関して彼はあいまいであり、これらであなた方は、彼がカエサル系類［Cæsars, カエザルの者、正統の者］で――ポルフュロゲネトス（porphyrogenitus）――王侯貴族の生まれ――噂好きな人の「正当な血統」――真の血筋――青い血――高貴な血（sangre azula）の者であると知るでしょう。法はというと、彼はひとつだけは認識している、即ち否定――あらゆるものの不変的不在を。彼の道はというと、アッピア街道［ローマと南イタリアを結ぶ古代ローマの街道］のようにまっすぐで「滅びに至る」ほど広いわけで、それにもかかわらず彼は頻繁にホップ・スキップ・ジャンプして垣根を越え、誘惑を駆り立てる脱線という牧草地へ入ること無しには満足不全になってしまうのです。だから、私の公言した目的はゴッサムであるはずですが、私の性に合え

ば *de omnibus rebus et quibusdam aliis* ――即ち、あらゆる事柄とその他の細目――に触れるという特典を私があきらめるとは期待しないでいただきたい。

私たちは五月一日の慌ただしさをまだやり過ごしていません。「進み続けよう」が直近の二週間の合言葉でした。ニューーヨークで一日まったく旅行しないほど鉄面皮の人物がいたら、「超不動」(“The Great Unmoved”)――叙事詩「オライオン」(“Orion” 1843)の著者であるホーン［Richard Henry Horne, 1803-84］が彼の英雄の一人アキネトス（Akinetos）へ用いた称号であって無感情という精神の型――のようにまぎれもなく不死を獲得するでしょうね。

ホーンについて語るなら――私は彼の叙事詩を近代で最も高貴なものと捉えています。論争の余地なく偉大な人物です。読者諸氏は、先ごろ『ハーパーズ』(*Harpers*)によってこの国で再版された彼の『時代の新精神』(*The New Spirit of the Age* 1844)を目にされたことでしょう。多くの英国文人《リテラティ》たちの中で彼は――人間として――そしてまた「自身の考えを実行する」人として率直に物怖じせずに発言しています。このため彼については疑いなく追放の企てがおこるでしょう。事実、それはすでに始まっています。今私の前にあるこの詩人の手紙から引用します――「君が『時代の新精神』を目にしたならすでに解っているだろうが、実に多くの批評家がそして一部の作家が私のことをまったく快く思っていない。雑誌や新聞の中での攻撃やヤジ（それでもいくつかは私を非常に公平に扱っている）は、ほぼすべてが、怒れる一行らの友人たちによって書かれているかあるいは彼らによって煽られている。恐らく私はこの点に関してはただいま準備中の第二版の中で一言発するかもしれません。」

　私はこのマンハッタン島をくまなく歩き回ってきました。その内側のところどころは岩の多い不毛という一種独特な趣を呈していて、純粋な侘しさ——私にはそれは気高さともみえるのですが——のような想いを幾分印象づけます。木々はほとんどなく、ただし、低木のいくつかはピクチャレスクな際立つ美しさです。それに劣らず際立っているのは、アイルランド系無断居住者の掘っ立て小屋ののさばり具合いです。私はこれらの幕屋（私はこの用語を原始的との意味で用いています）のひとつを、今心の目に映し出してみます。それは多分、九フィート×六フィートで外見的には屋根付きポーチと支柱のある豚小屋というほうが適切でしょう。全体としての構造（泥でできている）はあからさまにピサの斜塔の模造品のように組み立てられています。何枚ものざらざらした厚板を全体に「傾斜させて」屋根がふかれています。扉は直立した樽です。庭もあり、しかもこれは、一点をどぶに、もう一点を大きな石に、そして第三の点をイバラに囲われています。これらの居住地には犬や猫はお決まりであり、これ以上に申し分なく幸せな犬も猫もいないでしょう。

マナハッタ(なぜ私たちは真の名前の音調を崩すことに固執するのでしょうか)のイーストサイド即ち「健全」(Sound)な側には、キリスト教世界の境界内にある家で見つけられる、ピクチャレスクな場所がいくつかあります。しかしながらこれらの地域は放置されたままで——発展ということがありません。そこに建つ古アパート(基本的に木造)は修理されないままの状態に陥っていて、老朽化の物悲しい光景を呈しています。実際に、これらの壮麗な場所は消えゆく運命にあります。「進歩」の精神がその鼻を突くような息で以てそれらを萎ませてきました。それらを貫いてすでに通りが「計画配置」され、それらはもはや郊外の住宅地ではなく「市街区」になっています。三〇年やそこらのうちに、雄大な断崖はどれもが桟橋になるでしょうし、ゴッサムの人々同様にブラウンストーンのもったいぶった上っ面をみせているレンガあるいはブラウンストーンの建物によって島全体が密集し、汚されてゆくでしょう。

「公園」では噴水がとても見事で、その設計の意図を全うしています。「ボーリング・グリーン」の噴水の方は、とても場違いなものです[*2]。それがここにあるというのは矛盾ですが——そのおかげで噴水は目立って気品に溢れたものになっているのではないでしょうか。噴水の理念は読者諸氏ご存知の通り——元々のコンセプトは素朴さでした——端的には「自然らしさ」。水が天然の岩の上を自然に落下し流れるように設計されました。それで、この設計はどのように実行へ移されたのかって聞かれると以下です。何百という略直方体の石をひとつの略直方体へ積み上げることによってです。全体は、激しい雷雨に佇む田舎の小さな牢屋といった風情をたっぷりかもしだしています。

では<ruby>この辺で</ruby>（*vale et valete*）今日は筆をおきます。

P.

『コロンビア・スパイ』（*Columbia Spy*）編集者殿

【ボルティモア・Eテクスト註】

（1）同じページには以下のような注意書きがある。

「文学界の著名な学識者として、また秀でた批評家としてよく知られているエドガー・A・ポー先生が我々の読者であらせられ、しかもこの先、我が『スパイ』紙への定期寄稿者となってくださることを謹んで発表させて頂きます。何にもましてポー氏は現在お住まいの大都会ニューヨークから、毎週の「往復書簡」（"Correspondence"）を我々に提供してくださることになっています。」

（2）シリーズのこの第一回分では、見出しの「スパイ誌往復書簡」（"Correspondence of the Spy"）はイタリック体表示ではないが、次回分ではイタリック体表示になる。

一九二九年当時、この記事の本文の印刷時、スパニュースとマボット（Spannuth and Mabbott）によっていくつかの軽微な改変が恐らくは意図せずして加えられており、そのほとんどは大文字表示とイタリック体使用におけるものである。彼らはポーが用いた「ニュー―ヨーク」のハイフン使用にも敬意を払っていない。原版での手紙の終わりの挨拶文中の開始の疑問符と『コロンビア・スパイ』の間の無関係な空白は今回の本文には復元されておらず、この註記をもって足りると考える。

【訳註】

＊1　ここでポーが epistle と言っているのは、新約聖書の使徒書簡（Epistle from Apostle）にこの手紙をなぞらえる気持があったのかも知れない。

＊2　ボウリング・グリーンは、ニューヨーク最古の公園で、何度か移設された。一八四四年当時には、ここでいう二つの噴水がシティパークにあった（現在のセントラルパークのものとは違う）。公園の歴史については以下を参照した。https://www.nycgovparks.org/parks/bowling-green/history

＊　＊　＊

「手紙2　一八四四年五月二一日、ニューヨーク発」

Text: Edgar Allan Poe, "Doings of Gotham [Letter II]," *Columbia Spy* (Columbia, PA), vol. XV, no. 5, May 25, 1844, p. 3, col. 2

単なるニュースという点では今回は何もなく――少なくとも記録に留めるよう私の道義心を説き伏せ得るほどのものは何もありません。

ここニューヨークでは、街はよそ者でごった返し、何もかもが強烈な生の様相をまとっています。商売は完全復活を遂げ、「すべてが結婚式の鐘のように陽気に浮かれています。」ゴッサムの人々はクロトン水路または「クロットン」（Crot'n）を有しているにもかかわらず、極めてまれな場合を別にして、通りは我慢ならないほどに汚れています。例外は、ボンド通り、ウェイヴァリーパレス、そしてよりアッパーのより閑静でよりファッショナブルな区域に見つけられるはずです。これらの地区は汚れが無いことにおいては、フィラデルフィアの最も清潔な地区を凌ぐでしょう。しかし概して二つの都市は比較になりません。私の確信するところ、ニューヨークは、年経費五万ドルの請負によって、英語の動詞を用いるなら「ゴミ清掃されて」います。これが本当だとすると、度はずれの間抜けかおおよそ無知というほかなく――ともあれ何らかの党利的なずるいごまかしにあっているに違いありません。請負業者は、通りをきれいにするという特権を毎回対価として得ることになる、つまりは掃除を彼らの臨時収入として受領してゆくわけであり、自分たちがこのお膳立てによる偉大な儲け人であることを判っているのかもしれません。どんな大都会でも、市場向け野菜栽培業者の集団が、この手の契約を受諾するよう誘導されるでしょう。

ハーパー（Harper）氏は統治を精力的に開始し、疑いなく敏腕市長となるでしょう。無論、お決まりの約束にもかかわらずお決まりの追放があったし、これからもあるでしょう。職場を去る見通しというか、どちらかというと確実性は、いくつかの横暴かつ同時に冷笑を招くようなソーヴ・キ・プ（*sauve qui peut*［＝各自独力で避難せよ］）原理の事例を生じさせました。例えば全地区が何週間にもわたって夜間は外の暗闇に放置され、ランプ点灯職員は事もなげに灯火するのを拒み、油を横領して彼ら自身の私的で個人的な報酬に充て、ポケットに小銭を得ては、避けられない解雇に対して自分たちを慰める糧とする方を好んだのです。一番重要で人通りの多い大通りである三番街の三区画は、かくして、直近の二週間ばかりの間、まったくの暗闇に取り残されました。「これらの悪党どもに自分たちの横暴な着服の報いを受けさせることはできないのか」との質問が持ち上がれば、返答は相も変わらず――「いや――あってはならないこと」であり、事態は想定されていて、実践的ジョークとして一笑に付されるだけとなるでしょう。職場の新参者はあまりに元気のいい状態にあるので厳格になれず、どうなったかということはもはや彼らの知ったことではないのです。

読者諸氏は新聞で見ておられると推察しますが、ある人物がご丁寧にも『ジェームズ・ゴードン・ベネットの人生と著作集』（*The Life and Writings of James Gordon Bennet*）と自らが呼称するものを出版しました。ベネット氏は、その書物を「破廉恥でたちの悪い名誉棄損」と称し、『ニューヨーク・サン』（*New-York Sun*）のモーゼ・Y・ビーチ（Moses Y. Beach）氏をその犯行のかどで責め、告訴する意向を発表しました。ビーチ氏は家柄を否定し、T・L・ニコルス（T. L. Nichols）氏は家柄を公然と認めています。N氏は『ヘラルド』（*Herald*）の運営においてベネット氏と一年間の関わりがあり、非常に才に長けた人物です。彼は、問題の小冊子は主として『ヘラルド』それ自体から抽出されたベネット氏自身の記事の改作であると宣言しています。私は現物を目にしていないし、またそれを見るつもりもありません。それは極めて辛辣であると言われています。

日曜日の西行きの列車が街を出て行こうとしているのとまさに時を同じくしての、ブリタニア号のボストン到着は、企図された様々な「速達」手配を役に立たなくさせ、かくて、予期された（in prospectu）多岐にわたる秀逸な論戦に終止符を打ちました。一方のビーチ対他方のベネットと共同経営者グリーリー（Greely）両氏との間には、特に前兆となる様相を示す論戦が徐々に起こってきてその形状を成しつつありましたのに。

「速達便」の話というと――「軽気球夢譚」（"The Balloon-Hoax" 1844）[*1]が、ロック［Richard

Adams Locke］の「月の話」［Moon-Story］「月ペテン」［"The Great Moon Hoax" 1835］以来その手のものとしてのどれよりも格段に強烈なセンセーションを巻き起こしました。*2 その発表の朝（土曜日）、『ニューヨーク・サン』社屋周辺の区画全域が日の出後間もなくから午後二時頃までの間、文字通り包囲、封鎖され——入ることも出ることも一様にできなくなりました。土曜日の定期版には、ニュースは受け取られたばかりであり「号外」が準備中で一〇時には用意できるはず、と表明されました。しかしながら、それは正午近くまで配達されませんでした。新聞を手に入れようとするこれほどの熱狂的な興奮を私はここしばらく見たことがありません。最初の数部が通りで配布されるやいなや、それらは、疑う余地なくヤマを踏んだ売子から、法外な、どんな値段でも買い尽くされていきました。私が目にしたところ、一例として、一シリングが大方の相場だった新聞たった一部に、五〇セントが与えられたこともありました。私も一部手に入れようと一日中頑張ったが駄目でした。とはいえ「号外」を読んだ人たちのコメントを耳にするのはとてつもなく愉快でした。もちろん、物語の信憑性に関して大きな意見の相違があり、私の観察したところ、知識人は信じ、野次馬は大半が軽蔑しながら全面的に拒絶しているようでした。*3 一〇年前は、信じ易いことが大衆の特徴で、容易に信じないことが理屈屋の際立った特性だったのに、今や実情はまるで逆です。賢者は不信に嫌気を覚える——その通り。この事例では、自然哲学の何がしかを知っている者たちにとって疑念に対する唯一の根拠は、この驚異が疑わしい『ニューヨーク・

THE EXTRA SUN

ASTOUNDING NEWS!

ATLANTIC CROSSED

THREE DAYS!

SIGNAL TRIUMPH

MR. MONCK MASON'S

MACHINE!!!

STEERING BALLOON

"VICTORIA,"

SEVENTY-FIVE HOURS

FROM LAND TO LAND.

FULL PARTICULARS

VOYAGE!!!

文中の号外現物のコピー。“The Balloon-Hoax” in *The Extra Sun* 13 April
Richard Gimbel collection, Philadelphia Free Library

サン』（「月の作り話」（Moon-Hoax）掲載の新聞）に発表されていること、そしてチャールストンからの速達便を郵便物に先んじて走らせることが断然難しいことにありました。嘘の内在証明については、肯定的に皆無です――一方より一般的に公認されているロックの寓話は科学者による仮審査にさえ持ちこたえないでしょうね。「気球の話」（Balloon-Story）には、飛行船体験の既知の事実と完全調和にない――現実には起こっていなかったかもしれない――とされるものは何も出てきません。この種の探検は長いこと企図されていて、この機知に富む洒落《ジュ・デスプリ》（*jeu d'esprit*）は疑う余地なく意向に新たな刺激を与えるはずです。私自身は、来月もしくはその次の月の間に、気球が人かつぎによって非常に入念に記述されている実際の飛行を成し遂げたことを知っても少しも驚かないでしょう。旅は七五時間より短い時間でも成し遂げられる可能性はあります――一時間につき約四〇マイルにしかならないのですから。

出版界はこの地では非常に忙しく、今もまさに「なんでも売れる」が自明の理になってきました。『ミラー』（*Mirror*）はなお活況を呈しており、ゆくゆくは、その非常に立派な経営者にとって一財産となることでしょう。モリス将軍［General George Morris, 1802-64］の人気は恐らく若干衰えてきましたが、ウィリス［Nathaniel Parker Willis, 1806-67］氏のそれは徐々に高まりつつあります。彼は、一般大衆を魅了するための十分な造りを備えています――光り輝く好ましい才能で以て――奥深さは無く――天賦の才無しに。これ以上に立派な人物は彼の私的な人間関係には存在したことがありません。

六月分の雑誌がすでに出ています。私の見たところ、『グレイアムズ・マガジン』（*Graham's Magazine*）は『エールミアー』（*Aylmere*）の著者であるコンラッド判事（Judge Conrad）の人物像を載せており、それはまったく人物像といえる代物ではなく――つまるところあまりに子どもじみていて――特徴が無いのです。伝記（あなた方の友人による）は公正に評価する以上のことはしていません。

P.

【ボルティモア・Eテクスト註】

（1）ジェームズ・ゴードン・ベネット・シニア（James Gordon Bennett, Sr.）（一七九五年九月一日～一八七二年六月一日）は『ニューヨーク・ヘラルド』（*New York Herald*）の創設者であり編集者でもあった。彼は一八三五年五月に新聞社を創始し、一八六六年に彼の息子であるジェームズ・ゴードン・ベネット・ジュニア（James Gordon Bennett, Jr.）（一八四一年五月一〇日～一九一八年五月一四日）へ統制権を手放すまで編集者のみに留まらず発行者でもあり続けた。息子のベネットの死後、新聞社は『ニューヨーク・トリビューン』（*New York Tribune*）に吸収された。ベネットという姓は、原版では一貫して綴りが誤られているが、スパニュースとマボット（Spannuth and Mabbott）によって一九二九年に本文が印刷されたときに黙って訂正された。スパニュースとマボットはさらに第六段落のポーの新聞を指す英語「ペーパー」（paper）を「ニューズペーパー」（newspaper）へ変えている。

【訳註】

＊1　ポーの気球譚は、世界初の空のSFともいうべき「ハンス・プファールの無類の冒険」（一八三五）に始まり、「軽気球夢譚」（"The Balloon-Hoax" 1844）「メロンタ・タウタ」（一八四九）へと気球三部作に発展していったのみならず、「使い果たされた男」（一八三九）「不条理の天使」（一八四四）でも気球への言及があり、さらには宇宙を旅する三篇の〈天使宇宙譚〉のジャンルにも揺曳する一大ジャンルである。

ことに気球へのポーの深い関心は、明らかに気球のテクノロジーと、それがもたらす法螺話の精神からなる新パラダイム、つまり虚報の文学的可能性、さらにはそれを受容する読者のフィクションへの新しい関心とともに、ここでは虚報を配送する手段、鉄道の発展への関心にも拡大している。［この作品の邦題としては、「気球ペテン」「軽気球夢想譚」もある。］この「手紙」では当時の文化的新興地ニューヨークからより洗練された文学界の形成されていたフィラデルフィアへと新聞、雑誌をいち早く配送する鉄道速達便への関心へと三重四重に複雑化し発展しているのがわかる。この点は本書所収の拙論「ニューヨークとマガジニスト・ポーの生成」を参照のこと。なお、日本での気球譚研究の先鞭をつけたのは、辻和彦「未確認飛行物体——エドガー・アラン・ポーの気球物語群研究」（池末／辻 八二—一〇二）である。

＊2 この部分は自らの「軽気球夢譚」出版へ言及しながら、次節ではそれをロックの「月の話」に合わせて「気球の話」（Balloon-Story）と言い換えているのは興味深い。ここは虚報論へとメタ理論化しているといえよう。この点も拙論参照。

＊3 ポーの読者の反応の分析は、虚報があらゆる知的階層にも受容されるものであることの確認といえる。

＊　＊　＊

「手紙3　一八四四年五月二七日、ニューヨーク発」

Text: Edgar Allan Poe, "Doings of Gotham [Letter III]," *Columbia Spy* (Columbia, PA), vol. XV, no. 6, June 1, 1844, p. 3, col. 2.

街はあらゆる種類の正当な活気――金儲けの生活と楽しみの生活――で満ち溢れていますが、政治的な興奮は当座は一時休止しているように見えます――私が息を吸い込み新しい活力を取り込むことによって迫りくる大統領選について推理しているその間に、フィラデルフィアをここ最近ひどく悩ませていた暴徒の騒乱による危険のあらゆる心配はどうやらけりがつきそうです。危機はもう目前であったのに、私が思うに新しい当局の断固とした態度と思慮によって基本的に回避されました。

その後間もなく、兄弟愛の都［フィラデルフィア］では、安息日にラム酒宮殿とラム酒小屋を閉鎖するという無益な試みがなされたことをあなた方も憶えておられるでしょう。同じ主旨はここではハーパー市長によって支援されています――少なくともこの性格の主旨が仮にも支援され得る限りにおいてですが。これらの悪行の温床を日曜日に——または常時——閉鎖することによって社会全体のものになる直接的利益——これについてはまあ誰も疑念を抱きようがありません。ただし、市の条例またはこの目的のための如何なる他の条例であろうと、明白な憲法違反にあるように私には思えます。或る事柄を不道徳であるからどんな場合であっても不適当と宣言するというのが一方で——それが日曜日なら不道徳でありしたがって当該特定の日にはそれを禁止するというのはまったく別ものです。なぜユダヤ教徒の安息日である土曜日に等しくそれを禁止しないのでしょう。日曜日を特別視することにおいて、我々は教派の保護と便宜を図って法を制定しているということであり、この教派は大多数ではあるものの、この事実は、大原則——信教の完全なる自由——教会と州の完全なる分離——の原則の侵害を何ら正当化するものではありません。アメリカ中のすべての個人が何らかの「日曜日」法令に賛成であると知られているとしても、全国民が所望するといった場合を想像するとして、それを発動させ得るものは、憲法改正を措いてありますまい。

読者諸氏がゴッサムを訪れたときは、五番街へ出かけ、四三番通りに近い配給用貯水池へ遠出してみるのがよいと私は確信しています。貯水池の周りの歩道からの眺めは特に美しいですよ。この標高からはヨークヴィルにある北貯水池、砲台公園までの街全体、それに加えて港の大部分、そしてハドソン川とイースト川の長い広がりが見渡せます。多分、五五番通りかその辺りのイースト川に立つ白い灯台のように見えるショットータワーの頂上からはなおいっそう素晴らしい眺めが得られるはずです。

私は、軽船を調達して以来一日か二日、一対のスカル（短いオールまたは櫂のこと）の助けを借りて、ブラックウェルズ島辺りへ発見と探索の旅に出かけました。冒険の醍醐味はマンハッタン海岸の景色に在り、ここは特にピクチャレスクな美しさです。家々は例外なく、額縁の絵のように決まっていて、アンティークであります。まさに近代的という代物は何も企てられたことがありません——全島を通りと市街区へ細かく分けたことの必然的結果でしょう。雄大な断崖や風格のある木々が私の視線に入る都度、それらの避けがたい破滅——避け難くかつ急激な破滅——にため息をつくこと無しにはそれらを見ることはできませんでした。ここ二〇年、長くて三〇年のうちに、船舶、倉庫、埠頭以上に幻想的なものをここでは何も目にしなくなるでしょう。

トリニティー教会は完成へと大急ぎで歩を進めています。仕上がればそれは、豪華、気品、そして全体的な美しさについては、アメリカで類を見ないものとなるでしょう。あなた方もご存知だと拝察しますが、この教会の資産は一五〇〇万ドルほどであり、ただしその不動産のほとんどが保持されている長い賃借期間を勘案すると、現時点でその収入は細っています（約七〇〇〇ドルと確信します）。とはいえ、今ではそれらも概ね満了しつつあります。

F・L・ホークス（F. L. Hawks）博士が、ミシシッピー州ジャクソンの司教に選ばれました。彼は、アントン（Anthon）教授やヘンリー（Henry）教授とともに『ニューーヨーク・レビュー』（*New-York Review*）の元編集陣の一人でした。博士はとても人付き合いの良い人物ですが、『レビュー』を編集することには決して向いていません。彼の著作物は彼のお説教同様甚だ流暢ではあっても、それ以上ではありません。それらは問題の核心を突くものでは決してありません。彼はかつてジェファーソン（Thomas Jefferson）への攻撃を書き、それはヴァージニア州のビヴァリー・タッカー（Bevery Tucker）判事によって、司教の心情を鎮静化させるのとは程遠いものであったに違いない文体で応酬されました。

雑誌類はここでは「売れ行き不振の期間を長引かせて」います。『ニッカーボッカー』（*Knickerbocker*）のことは、私はほとんど耳にしたことがないしあまりお目にもかかりません。インマン（John Inman）によって編集されている『コロンビアン』（*Columbian*）が一番元気よく声をあげていますが、理由の良し悪しにかかわらず、私はあいにくことの真相を申し上げる状況にありません。とはいえ、インマン氏が才能に溢れた人物であることは否めません。あなた方も知っての通り、彼は『ハーパーズ』の雑役係である、もしくはありました――概して、出版申しこみの原稿の採否を決め――校正刷りをときどき読み――まれに誇大宣伝を書き――その類のささやかな「雑用」をこなしていたのです。『レディース・コンパニオン』(*Ladies' Companion*)は、スノーデン（William W. Snowden）によって若い文人たち《リテラティ》（*literati*）のクラブへ売られました。編集者が代っても、ジャーナルの繁栄に恩恵をもたらし損ねることはないでしょう――当該ジャーナルは私の見解では、悪趣味、厚かましさ、下品なペテンの極致《ニ・プラス・ウルトラ》（*ne plus ultra*）であります。バージェス・ストリンガー・アンド・カンパニー（Burgess, Stringer & Co.）は『百万人のための雑誌』（*The Magazine for the Million*）と彼らが呼ぶものを先般来発行してきています。私が確信するに、彼らはその五〇〇〇部程度を、編集者として評判の良い名前をその表紙に掲げて、あまり追加の出費をかけずに発行しているもので、行き過ぎといえるほど収益性の高いものとなっていると考えます。

　読者諸氏は憶えていらっしゃるでしょうが、自身を「ケンタッキー詩人」と称するのが好きなウィリアム・ウォレス（William Wallace）氏は、約二年前は『グレアムズ・マガジン』の事務所の頻繁な訪問客でした。オコンネル（O'Connell）が幾分横柄に非難したのがウォレスであり、六か月か七か月ぐらい前のダブリンでの撤廃集会でW氏によって始められた演説の出だしのことです。それほどにも醜悪かつ腹黒で、貧乏で、友人がいないとされたケンタッキー詩人は、この国の狭い文人たち《リテラティ》に非常に評判が悪かったわけで、彼らは、自分たちが彼の「無礼な言動」と呼ぶものをすぐにくすぐす笑って、彼のレベルの低さを信じるよう努めました。けれども、ここにきて形勢は逆転し、私はそれを感知して心底喜びました。オコンネルは最近の集会でウォレスに目いっぱいの謝罪をし、誠心誠意の賞賛と友情の観点から彼のことを口にしたのです。私自身はこの若い詩人をよく知っています――彼は正真正銘詩人です。彼は、弁舌に長け、年齢が彼の情熱を幾分鎮めたとき、彼は最も高い次元の雄弁家になっているはずです。人として彼は気高さそのものです。

ゴッサムの人々は、自分たちがディケンズ［Charles Dickens, 1812-70］を褒め称えお祭り騒ぎして物笑いになるところまではまだいっていませんが、ブルワー［Edward George Earle Bulwer-Lytton, 1803-73］を同じように受け入れることにはすでに警戒《クイ・ヴィヴェ》（*qui vive*）しています。ただし私が間違っていなければ『ポンペイ最後の日』（*The Last Days of Pompeii*, 1834）の著者はアメリカ大衆の娯楽のために「パンチ・アンド・ジュディを演じること」に乗り気ではないでしょう。彼の性格は、彼の書評とは別に、この国ではほとんど理解されておらず、彼はもっぱら単なる洒落男、放蕩者、人間嫌いと捉えられているきらいがあります。彼は多くの高い資質を備え――それらの中でも、寛大さと不屈の行動力は異彩を放っています。かなり彼の味方をすることになりますが、独立心強く生まれながらも、彼は自身の才能を怠惰や遊興に埋もれさせるという害を被ることはありませんでした。彼はまったく学校に通ったことがないのです――このことは一般に知られていませんが。彼はケンブリッジを卒業しましたが、彼の教養は彼自身に負うところが大きいのです。彼はかつてイングランドとスコットランドを徒歩で、またフランスを馬で旅しており、これらからも彼には伊達男の感じはほとんどありません。彼の最初の出版物は三ドル二〇セントの詩でした。

私が、ブルワーはディケンズが何のためらいもなくすることを行うのを十中八九拒絶するであろうと言っても、ディケンズを非難しているつもりはまったくありません。ディケンズはブルワーよりも格段に上の天才的人物です。ブルワーは、熟考型の分析家で勤勉で芸術家肌であり、したがって全体としてはこれから立派な本を書くでしょうが、ディケンズは時として飛距離を越えた――能力を超えた――恐らくは彼の同時代の理解さえも超えた、まるで自然発生的な高みへ昇り詰める作家です。ディケンズが分別と教養を備えていたら『最後の男爵』（*The Last of the Barons*, 1843）を書いたかもしれませんが、まさに奇跡に他ならないことが起きても、ブルワーを活性化して『骨董屋』（*Curiosity-Shop* [*The Old Curiosity Shop*] 1840）の結びの部分の構想へと至らしめる可能性はないでしょう。

P.

*　*　*

「手紙4　一八四四年六月四日、ニューヨーク発」

Text: Edgar Allan Poe, "Doings of Gotham [Letter IV]," *Columbia Spy* (Columbia, PA), vol. XV, no. 7, June 8, 1844, p. 3, cols. 2-3.

昨日のビーコンコース（Beacon Course）での徒競走は素晴らしく衆目を集めました。——一万一〇〇〇人が立ち会ったといわれており、我々の朝刊紙のいくつかは大衆の興味を満足させるべく午後の遅い時刻に号外を発行しました。スタナード（Stannard）が勝者であること、そして彼は一時間内で一〇マイルを達成しなかった、つまり一時間四分三〇秒だったということを読者諸氏はすでに耳にしていますよね。ただし、彼は最後の二〜三〇〇ヤードを歩いたのです――彼の唯一の競争相手（レースの終盤に向かっての）は、九マイルを完走した後ほどなく倒れました。スタナードは一〇マイルを規定時間内に走ることができたはずで（彼は一八三五年に簡単にやってのけています）、その結果、三〇〇ドルの代わりに五〇〇ドルを手中に収めたことに疑問の余地はありません。彼は疑いなく、将来的な掛け金の望みに煽られて手加減したのです。私自身は競技を見ていません、というのも単なる肉体的な強靭さまたは敏捷さの芸当が理性のある生きものによって演じられた場合、それにはほとんど面白みを感じないからです。馬の速さは気高い――人間のそれはばからしい。私は、どれだけ易々と人間がロバに負かされてしまうのかを想像している自分にいつも気づきます。同じように、ハー・クライン（Herr Kline）がロープの上で跳ね回るとき、私は「どいつか普通のヒヒがおどけたしぐさでせせら笑ったらどうだろう！」と独り言を言ったりします。今問題の実際の芸当――一〇マイルを一時間内――に触れるなら、私はそれを自分では成し遂げたことがないというだけでなく、我が国の西部地方には、適正な訓練を積めばいとも容易《たやす》くやってのける人間が少なくとも一〇〇〇人はいると堅く信じています。なぜ「一〇マイルを一時間内」が驚異だと考えられるのかという本当の理由は、最も活動的な人――肉体的条件の最も高い人々は――社会の「下級層」の中では――競技者［*athletae* ギリシャ語で賞を競う者］の名誉のために人前でいつも独り競う者たちの中では、めったに出会えないという事実（一般には理解されていない）に見いだされます。

ゴッサムの真に好奇心をそそるもののひとつは、ブロードウェイのウォーレン（Warren）の角のティファニー（Tiffany）、ヤング（Young）、エリス（Ellis）の諸氏による素晴らしい見世物です。彼らは、フランス、イングランド、ドイツ、そして中国の様々な意匠を凝らした製造品の、非常に趣味の良い勤勉な輸入業者です。彼らの倉庫はまぎれもなくアメリカ中で最も中身がぎっしり詰まっていて、ひとつの巨大な美術品小間物問屋（*knicknackatory* of *virtu*）を形成しています。香水部門は特に珍しいです。さらに私の気になるものは、特にスイスのヤナギ工芸品の美しい品の数々、チェス駒——中には五〇〇ドルもするセットがある——、わら紙や本やシートに描かれた絵、装飾のある土間を囲うためのタイル、古代寺院由来の精緻な古いブロンズや珍しい品々、多彩なフィログラムの物品、値段が六ペンスから七五ドルまでの奇抜な扇の膨大な陳列品、どっしりした黒檀の彫刻品や「風景を描いた大理石」の椅子に食卓やソファ等、紙にイニシャルをスタンプする装置、ベルリンアイアン、それから「芸術的な」蝋燭立て、小蝋燭立て、香炉、他にもまだまだいっぱいあります。

政治面で面白いニュースはほとんどなく、というかそれは「涙に余る深み」[*1]に横たわっていて——普通の観察にとっては深遠すぎます。「ポーク・ハウゼズ《商店》」(Polk Houses)、「ポーク・オイスター・セラーズ」(Polk Oyster Cellars)、「ポーク・ハッツ《帽子》・グラヴス《手袋》・アンド・ウォーキングケイン《ステッキ》」(Polk hats, gloves, and walking-canes）は彼らのライバルであるクレイ（Clay）とすでに争っています。一人の貧しいホテル経営者が「ライト・レストラン」（Wright Restaurant）の看板を半分描いてしまっていたのですが、次の便りでライトは間違いだと悟ったので、それを上から「ダラス」（Dallas）で隠しました。

ハーパー氏がハーレム（Harlaem）鉄道車両の日曜日の走行を停止させようとして失敗したことをお伝えするのは誠に嬉しいです。「原先住民」［（original Natives）オランダ系アメリカ人のこと］側には、新しい当局がほぼすべての役職をホイッグ党の諸集団から選んだと声高な不平が上っています。愛国心（高賃金）が重要な事柄であるのは疑いようがありません。

私は、探検遠征隊の南極探検の顛末を網羅している「四つ折り版一二巻」がもう間もなく市民にお目見えする予定であることを掴んでいます。毛織物があまりに少ない場合にもこれほどの絶叫はこれまでありませんでした。つまり、完遂の乏しさに対するこれほどの大騒ぎはこれまでになかったことです。ウィルクス［Charles Wilkes, 1798-1877. 海軍少将。南極探検家］氏に言いたいことを言わせてやりましょう、遠征は失敗だったと。この人物は、海の氷山で岩のかけらをいくつか拾ってそれらを南極大陸の標本として（真綿に包んで）本国に持ち帰った紳士――ヒエロクレス（Hierocles）のスコラスティコス（skolastikos）の流儀に則って――です。W氏によって選任された委員会が、これらの標本を調べることによって、輝かしい発見に因んで「ウィルクスランド」と命名されることになるこの新しい国の土壌、気候、範囲、地質条件、人口、政府の施策、宗教、および文学を確定しようとしています。何故進取の気性に富むニクズク木の製造者がひとりふたりの助っ人と共に平底船に乗り込み、非常に多くのことがそれについて言われてきたのに愚かにも何も満足に果たされてこなかったこの大陸を、探険しないのでしょうか。大きな間違いは遠征の広大さ――まったくもって目指すところの不釣り合い――に在ります。高緯度の遠征では敏速さが主眼点ですが、敏速さはこれまでも戦隊の動きに随伴したことはなく、「科学者たち」が足手まといになる場合は特にそうでした。ひとかどのヤンキーに道を開かせようではありませんか（請け合ってもよいがいっぱしのヤンキーはむしろそうしたがっています）、そして科学者たちには彼の足跡をたどってもらったうえでゆっくりと手間をかけて地質調査してもらえばよいのです。この重大な事業の指揮がその起案者であるレイノルズ〔Joremiah Reynolds, 1799-1858. 南極探険を提唱し、その計画書は『アーサー・ゴードン・ピムの冒険』のソースの一つになった〕に与えられなかったことは非常に残念で「身を焼く恥ずかしさ」です。彼はあらゆる点で指揮官として完全に適任であるというのに、ウィルクス司令官はそうではありません。ウィルクス氏が地位を独占するためにそしてレイノルズ氏の否定できない権利を奪うために行った手段によるものの以上にみっともなく――無節操で――理不尽なごまかし方式が知的共同体の開かれた目の前で実行に移されたことはありませんでした。

私は、最近到着したフラウンホーファー（Frauenhofer）望遠鏡の大きさ（天体観察上の倍率という意味で）を突き止めるという無駄な試みをしていました。『アーミー・アンド・ネイビー・クロニクル』（*Army and Navy Chronicle*）をはじめ諸紙は、単なる物理的な長さおよび幅を、望遠鏡が来たときに入っていた箱の長さおよび幅と共に与えてくれます。読者諸氏は何かもっと明確なものが見えますか。あの望遠鏡はどうなったんでしょうね、何年か前にペイン（Pain）氏が「ウスター・パラディウム」（"Worcester Palladium"）へ備え付けた望遠鏡の顛末はどうなったのでしょうか。ロシア鉄の管は、直径四フィート、長さ四八フィート――凹面鏡は出力端が直径四六インチ――レンズは六と四分の一インチ、といわれていましたが。P氏は、「レンズの形と組合せのおかげで」彼の器械は一万一〇〇〇倍という拡大倍率となることができると表明していました。「拡大」倍率とは、空間透視性（*space-penetrating*）のことを彼は意味していると私は推察します――が、これまでは、十分な光学的理由から、望遠鏡の空間透視能は約一八〇〇倍までに制限されるはずと思われていました。だがやがて、反射鏡が直径六フィートになる予定の――あるいは――私が確信するところでは今や完成済みの――ラッセル卿（Load Russell）の感嘆すべき機械によって、すべての望遠鏡は陰へ投げ込まれるに違いないのです。光の拡散に付きまとう難題が克服されるなら（これまで難題は克服不能と考えられましたが）、ラッセル卿は、月面に、国会議事堂ほどの大きな建物ならどれでも見えるようになるかもしれません。彼は、自身の望遠鏡の助けを借りて、直径がきっちり六フィートもしくは円周一八フィートの眼球を持つ想像上の巨人が見ているほど遠くまでくっきりと見ることができる、というのは恐らく幻想的ではありますが言っても完全に形而上学的発想です。空間透視能は、レンズの面積に正確に比例します。その他の条件が不変ならば《ケテリス・パブリス》（*ceteris paribus*）、大きな眼を持つ者は小さな眼を持つ者よりもっとはっきりもっと遠くまで見えるのです。

シーツフィールド［Seatsfield. ドイツの作家でアメリカ居住］——「シーツフィールド大先生」——についての騒ぎは、外国《よそ》の意見への我々のなびき易さの純粋にもう一つの笑えるまたはむかつく事例です。彼の描写は疑う余地なく巧妙です、が、今アメリカには、注目されないながらも同程度に上手《うま》いか、そうでないなら実際に遙かに優れた作品を日々出している者は私自身の知人の中にもごまんといます。シーツフィールドはこの地では書いて出版しても永久に（アド・インフィニタム）（ad infinitum）一群の作家たちより上に頭を出すことはなかったでしょう、たとえ彼の作品が、決してそうではないのですが、何でも外国のものならゴマをするおべんちゃら屋が我々にそうだと言う代物であったとしても。どう見ても大して偉大な功績も尊称もないドイツ人批評家が、特に重要性もない大きな本の中で、我々に、私たちは自分たちの中にそれとは知らずに偉大な作家を持っているということを知らしめるのですよ。もううんざりです。この人物は不死である——彼は「シーツフィールド大先生」である、これからも永遠に、というわけです。

ここで、批評界における我が国の三流または四流のカモたちの何人かが例えばオランダ人に彼らの叙事詩人キャッツ〔Jacob Cats, 1577-1660〕は優れた天才であると厳かに知らしめているところをちょっと想像してみてください。彼らは——彼らさえ——アメリカ人はオランダ人についてオランダ人自身よりも優れた判断ができると信じるほどのぼせ上がったりはしないでしょう。多分、オランダ人は、アメリカ人はキャッツについて何も知らないし、また詩について知らないと返答するでしょうよ。

私は直近の書簡で『レディース・コンパニオン』がスノーデンによって若い文人《リテラティ》たちのクラブへ売られたことに言及しました。これは、私が見いだしたところ、厳密には事実ではありません——社交的に言うなら、私には何が事実であるかを語れる自由はないのです。とはいえ、『コンパニオン』は一端降ろされた方が良いのです。なぜかって、まさにそのものの名前がそれをののしるに十分でしょう。それ以上に吐き気を催すような、それ以上に間抜けた、それ以上に無意味な、それ以上に薄っぺらな、何らかの書名が考案されるなんてことがあり得るわけがない。婦人用帽子店の見習い以外だれが『レディース・コンパニオン』というような代物を商店の中に入れたりするものですか。

『百万人のための雑誌』は『ローヴァー』〔*Rover*, Seva Smith によって運営された週刊誌〕に吸収合併されました。

P.

【訳註】

＊1　この句は、ウィリアム・ワーズワースの有名な句で、“Ode, Intimations on Immortality” の中にある。

「手紙4　のコラム」

私たちのニューヨーク往復書簡の手紙の一通の中で切り出した、あの名高いロックの「月の話」における詳細の正確度、いやむしろ不正確度、に触れた意見への驚きを表すいくつかのコメントが、私たちの意見交換文書の一、二通に確認されています。私たちは、一般観念は物語の正確度——その理屈的な正確度という意味で——を支持していることを承知しています。作り話の成功は、大抵は、その正しさ、ひいてはその綻びを検知することの困難さに帰するのです。だが、むしろそれはこの作り話がその分野の一番乗り、もしくはほぼ一番乗りであることに帰すると私たちは考えています。それは人々の不意を襲い、疑念を持つ十分な理由（内的証拠は別にして）

がなかったまでのこと。したがって、それは一気に信用を落とすことになる誘因となったはずの、全体としての誤りの多さにかかわらず信じられたのであり、他方、「気球の話」の方は誤り皆無でありかつ現実に起こることのあり得ないものには何も関連していないというのに、『ニューヨーク・サン』によって犯された同じ類の頻繁なそれまでの騙しのせいで信用を落としたのです。

　私たちが言うところの「月の作り話」は論理的な間違いに満ちており、これらは『サザーン・リテラリー・メッセンジャー』(*Southern Literary Messenger*)の中でポー氏により機知に富んだコメント《ジウ・デスプリ》(*jeu d'esprit's*)が登場した際にははっきりと指摘されています。一番乗りの地位にあるロック氏は、彼のレンズに四万二〇〇〇倍という拡大力を与え、グビジンソウのような小さな花、鳥類の目、他の微細な物体がそれで見えることを述べています。ここで、レンズが何か遠くのものをどれほど近くにくっきりと寄せてくるか確かめたいとお望みなら、距離を拡大倍率で割るだけでよいのです。月の距離は概数で二四万マイルです。これを四万二〇〇〇で割ると五と七分の五マイルが見掛けの距離として得られます。しかし、この距離では、最も巨大な動物でもまったく見えないのではないでしょうか。

☞重ねて言いますが、バイソン種の目の上の毛深い覆いについて述べている中でL氏はこう言っています――これは月の我々側に生息しているものすべてが曝されるまさに極限の光と闇から動物の目を護るための神の手による計略であるということが、ハーシェル博士の鋭い頭脳に閃いた、と。しかし、残念なことに、これらの生息動物は暗闇をまったく知らない、つまり、太陽の不在下に、それらは地球からの満月一三個分に匹敵する光を浴びているのです。

さらに重ねて言いますが、方位磁針の先は救いようのないほど狂っています――人かつぎは、月の地図上では東は左手側であること、等々、について無知であるようにお見受けします。

☞さらに重ねて言いますが、L氏は月の海や湖のことを述べていますが、そのような水の集りはそこには存在していないということを明確に実証してみましょう。光と闇の境界線を三日月または半月と満月の間の月で調べてみると、それらの月ではこの境界線は暗い場所（以前は水場だったと考えられている）のいずれかを横切っていて、分割線は粗くギザギザであることがわかりますが、これらの暗い場所が水または液体であるとするなら、線は明らかに平らであるということになるはずです。

☞また重ねて言いますが、コウモリ人間の羽根の記述は「ピーター・ウィルキンス」（Peter Wilkins）からの文字通りのコピーです。

☞またまた重ねて言いますが、人かつぎはこう言っています――「我々の一三倍大きい地球は、時間という胎内での杯の時期に、この衛星へなんとも驚嘆すべき影響力を働かせたに違いない！」と。さぁここで、地球は、ここでいう意味において、月のたった一三倍ではなく月より四九倍も大きいのです。

　おまけにもう一回だけ重ねて（私たちにはこれらの数え切れないほどの誤りを追求する余白はないので）言いますが、ロック氏は、見えるということになっているコウモリ人間および他の生命体の全体としての外観を詳しく記述しています。彼は、そのものたちの全身を見たと話していますが、もし見たとしてもそのものたちの頭の直径を知覚できたにすぎないのでは。そのものたちは、天井を飛んでいる際に、踵を上に頭を下にして、観察者へ姿を見せたはずであり、それは（その奇妙さから）現実の目撃者の注意を捉えた最初の現象であったはずなのに、この事実についての言及は一切なされていません。真相はこうです、即ち、この巧妙なフィクションの中で幻想がどんなに豊富に陳列されていようと、その細部の出来栄えにおいては悲しいかなお粗末です——真実らしさ（*vraisemblance*）および類推的真実という点で。公衆がそれによって瞬く間に誤った方向に導かれたということだけでも、天文学についての無知が蔓延《はびこ》っていることの証でしょう。*1

P.

【ボルティモア・Eテクスト註】

これは、個々の項目を、指さす手のタイポグラフィーマークによって進行させるというシリーズの第一回分であるが、このマークは『スパイ』の中の他の短編記事全般を通して普通に使用された。以上にコラム一からとして註記されている項目は、表題もなければ署名もなく、形の上ではそうでないにしろポーの書簡の部分は明白に彼の手によるものであり、「ニューヨークシティの文人たち」(“The Literati of New York City” 1846) からのロックに関するポーの出品作に登場したものの多くを再現している。よって、単に分類上の便宜の問題とするなら、『ゴッサムの街と人々』(*Doings of Gotham*) シリーズの一部であると考えるのが妥当である。

【訳註】

＊1　この手のマークの付いた部分はポーの一八三五年出版の気球もの第一号、前記「ハンス・プファールの無類の冒険」の最後につけられているロックの *Moon Hoax* の荒唐無稽さに対する批判記事の抜粋である。前段で語られるポーの望遠鏡論議も、ロックの不正確さを指摘するものである。「ハンス・プファアルの無類の冒険」は、小泉一郎氏の翻訳『ポオ小説全集1』(東京創元社、一九七四年) があり、このコラムは一〇六―一一六頁の一部と重なりがある。しかし抜粋で書き換えられていて、ここは拙訳によった。

＊　＊　＊

「手紙5　一八四四年六月一二日、ニューヨーク発」

Text: Edgar Allan Poe, "Doings of Gotham [Letter V]," *Columbia Spy* (Columbia, PA), vol. XV, no. 10, June 12, 1844, p. 3, col. 1.

ブルックリンは、最近数年で急速に発展してきました。これは一つにはその立地が健康に良いことにくわえ、主として街のビジネス街へのアクセスのよさ、渡船料金の安さ（二セント）に、また午前二時以外の全時間に亘って得られる船便のアクセスの良さに、そして特にニューヨークの家賃の高さに因るものです。ブルックリンはあなた方もご存知の通りゴッサムの人々に非常に敬愛されていますが、それは実は主にこの場所の自然のなせるわざなのです。しかしそれを、これほどまでにニューヨーカーたちは徹底的に計略して台無しにしてしまったのです。これほど比類のない嫌悪感と侮蔑の気持ちを私に抱かせる街を私は他に知りません。それは往々にして銀メッキのショウガ入りケーキの街を私に思い起こさせ、きっと、あなた方もペンシルヴァニアのオランダ人地区のいくつかでこの菓子屋の商品を目にしたことがあるに違いありません。ブルックリンはサウンド海岸のすぐ近くには、或る程度我慢できるほどの住宅があるのは事実ですが、全体を通して大半は無分別を通り越しています。一五フィート×二〇フィートのペンキで塗られた白松の住居――このうぬぼれた「大邸宅の街」の住居以上にくだらなくて哀れなほど馬鹿らしいものがあるでしょうか。どこを見てもコテージはなく、いたるところ「オランダ風でなかったならギリシャ風だったかもしれない」――ゴッサム風と言うのでなかったなら趣向を凝らしたと言えなくもない――寺院、即ち、粗く鉋を掛けられた生乾きの材木の、よくて白みがかった茶色のペンキの被覆を幾層か塗りつけられた材木の小壁を支えるドリス式またはコリント式の柱のある方形の箱です。この「パビリオン」は、大抵は、紅亜鉛で覆われ欄干に囲まれた平坦な屋根がついています。ただし、丸屋根のつもりでしょうが特徴的には鳩小屋と番小屋と豚小屋の間で迷う得体のしれない何かが上に載っていない場合には、ということです。正面扉の階段は段数が多く明るい黄色で、それらの足元からは黄褐色の真っ直ぐな小道が箱型の生け垣の間に配列されて、栄華を誇る居住者を正面の門へ導いています――門は全体の壁と共に高い白松の板でできていて水色に塗られています。これに噴水を付け加え、尾ひれの先で立つ鉛のナマズの口から一時間当たり一パイントの本物の水を噴き上げ、うっとりするような巻貝（ここではソデボラ属［strombuses］と呼ばれている）の円で取り囲めば、ブルックリン風「大邸宅」のほぼ完璧な絵になるでしょう。絶対的残虐行為――例えば人を否応なくプルートーの領域へ委ねるというような罪という意味での――という点では、私は本当のところ、このような屋敷を建てることと議事堂を吹き飛ばすことと爺さんの喉を掻き切ることの間にほとんど違いを見出せません。

街路の叫び声および同様の厄介なことが、この地では特に不愉快です。おびただしい数の木炭台車が一番人通りの激しい大通りに群がり、（おそらく銅鑼でないとするなら）地球上の何物にも喩え難い騒音を「地獄の機械」の鉢の中の何か金属製の三角形の仕掛けからたてています。ここは自由の国であると私は聞いていますし、できるならそう信じたいと思ってもいますが、これらの騒音源《タンタマール》に終止符を打つのに、私たちの自由にどうしてこれほど著しく干渉するのかを読み取るのは無理です。人は所有物を自由に扱えるもの（この原理は人の台車にも、また人の嗅ぎ煙草入れにも、奥方にも当てはまる）ですが、そうする場合に彼が隣人に迷惑を掛けないということが前提であり、これは不文律の最も共通する教えのひとつです。しかしながら、通りの騒音によって鍛造される全体としての不快感の量は計算不可能なほどであり、この問題は私たちが真剣に注意を向ける価値があります。例えば、お金よりもっと貴重な時間のどれほど多くが大都会で魚売り女や木炭人夫そして猿回しの便宜のために無駄に失われるのかを言うのは難しいでしょう。二人の個人が極めて重大な商売の取引をしていて、一言によって一瞬にすべての運命が決するという場合に、なんて頻繁に起こることか――すべての会話が一度に五分いや一〇分も遅れるということがなんて頻繁に起こることか――これらの悪魔のトライアングルが聞こえなくなるまでに、もしくはアサリとナマズの魚売りの革のような喉が大声で叫び金切り声を上げ、どなり続けて一時的に嗄声になって沈黙するまでに！　また一方で、車両の騒々しさはなおいっそういたる所にあり、もっと我慢ならないほど迷惑です。私たちにはこれらの舗道に敷かれた無意味な丸い石と関係を絶つつもりはないのでしょうか――これ以上に、とてつもない騒音を介して人間を狂気に追い込むための巧妙な仕掛けは疑いなく発明されたことがありません。どんな形態の街路舗装が最終的に世間受けすることになるかを先読みするのは難しいですが、何か変えなくてはならないはずですし、それも直ちに、さもないと私たちは頭痛用の新薬をいくつも持たなくてはならなくなります。一二インチの石の立方体（上面を粗くした方形）は、恐らく、最も耐久性があり、多くの点で最良の道路を作りますが、ただし、それらは高価でもあり、それらが発する騒音は異議を招きそうなほどですが、丸石よりはずっと程度が低いのです。ステールアトミック（stereatomic）の木製の舗装なら何の音も聞こえませんよ。人々は要するにあきらめてしまっているように見えます――だがそれではましなものは何も発明され得ないのです。私たちは、下処理無しの角材を差し込みましたが、それは不合格でした。したがって我々は実験を断念しました。それらが昇汞溶液で防腐されていたなら結果はまったく違ったでしょうし、木製の舗装道路なら国中全土にわたって広範に使用されていたでしょう。イングランドでは木材は値段が高く石より好まれないということもあるでしょうが、ここでは木材の方が好まれるに違いないし最終的にはそうなるでしょう。昇汞溶液での防腐処理または無機化処理は単純な工程で安価です。腐蝕性昇華物（水銀の二塩化物）一ポンドを一六ガロンの水へ入れ、この混合液に良質の木片（生か乾燥のどちらでも）を四八時間（木片が厚いか薄いかにより時間は長短しますが）浸します。この時間が終われば木材は腐りようがなくなるのです。それは金属の硬さと風合いを帯びて、重量が相当に増加し、花崗岩程に長くもちます。普通の木材を使った舗装では、道路がアーチ状にされても、軟質の腐朽性材料は重い圧力に降伏し、アーチ全体が沈み、骨組みもやがて壊れてゆきます——上層面の崩壊の速さはいうまでもないこと。昇汞溶液で防腐処理された木材なら一インチも下がることはないはずで、したがって交換されることもなければ、腐ることもなく、何年にも亘って初めと同じほど見事に存続するはずです。現在の水銀の二塩化物の小売価格は一ポンド当たり約九〇セントであると確信していますが、この物品の需要が広まれば（私たちが昇汞溶液で防腐処理された道路を採用することになればそういう場合もあり得ます）、今は廃坑になっている南アフリカのクイックシルバー炭鉱を再び稼働させればよく、そうすれば私たちは鉱物を高くても三〇セントまたは四〇セントで手に入れることができるかもしれません。安さ、騒音の無いこと、洗浄のし易さ、蹄への心地よさの点で、そして最終的には耐久性の点で、昇汞溶液で防腐処理された木材のそれに匹敵する舗装道路は無いのです。ただし、いつものことながら、この発見を実用可能にするには優に一〇年はかかるでしょう。差し当たっては、下処理されていない木材を用いた当座の実験が街路修理人たちの利益にとってそしてまた市議会員の慰みにとって非常に結構な答えを出すことでしょう――彼らは恐らく次回は軟石鹸またはザウワークラウト［塩づけにして発酵させたキャベツ料理］で実験しようとするでしょうよ。

家の屋根から落ちて重篤な怪我を負った幾人かが、他の誰かさんにより、湿ったシーツに包まれたところ、結果として、すぐ死んだりせずにシーツ［sheet, 経帷子の意もある］にもかかわらず元気になってきたので、またしても誰かさんが『トリビューン』へ手紙を書き、ニセ医者の王プリースニッツ（Priessnitz）の「水治療法」（"Hydropathy"）、即ち水による養生を称賛しました。ここに至って、ゴッサムの医学界全体が論戦中です。希望的観測ながら、読者諸氏が私からの次の便りを聞くまで、彼らはこのままの状態でしょう。

P.

＊　＊　＊

「手紙6　一八四四年六月一八日、ニューヨーク発」

Text: Edgar Allan Poe, "Doings of Gotham [Letter VI]," *Columbia Spy* (Columbia, PA), vol. XV, no. 10, June 29, 1844, p. 3, col. 1

自然の美しさと便利さの点で、ニューヨークの港は北半球ではほとんど並ぶもののないところです。しかしブルックリンの場合のように、ニューヨーク人は風景と建築の悪趣味を露呈することでその美しさをひどく傷つけている。もっとひどいのはパゴダ〔東洋諸国の宗教建築の偶像の寺院の塔〕だとか何とか――実際にそれらの名前を見つけるのは難しい――は、湾の隅々、特にニューブライトンの近くの湾の隅々にあるものほど目障りなものは他に想像すらできないほどです。これらの怪物の味がわかるとすれば、それは死にゆく苦痛を味わうに等しい。

港といえばあるフィラデルフィア人の論文の一部で、港としてのボストンをニューヨークと比較しようとする試みを見て私は非常に驚きました。しかも比較をする際に、そのジャーナルは非常に大胆で、最大クラスの船は波が低いときこの港のバーを通過できないと主張しています。これはかなり間違いだと思いますが、そうではありませんか?

外国人はブロードウェイの長さについて語りがちです。間違いなく長い道です。しかし、フィラデルフィアにはもっと長い道がたくさんあります。もしあまり間違っていなければ、フロントストリートは切れ目のない家並みを四マイルにわたって提供し、間違いなく世界ではないにしてもアメリカで最も長い通りです。グラントは――「貴族院についての雑多な思い出」、「大都市」、およびその他のたわいもない噂話のエッセイの著者ですが――ロンドンの二マイル四分の三の大通りに言及して、断固とした雰囲気でそれを次のように呼んでいます。「世界で最も広範に及ぶ」と。この男の独断的な居丈高ないいまわしは、ひどく面白いものです。彼が事実として一般に提供する一〇件の話題のうち、少なくとも八件は完全な嘘であり、他の二件は「疑わしい」または「手の込んだバカ話」に分類されると信じています。

ポリー・ボディンの公判は、リッチモンドで次の月曜日に行われる予定であり、疑いなくかなりの関心を引くでしょう。この女は、おそらく無罪になるのではないでしょうか――というのも、ニューヨークではこれらの問題はひどいやり方で扱われ対応されるからです。[*1] 例えばメアリー・ロジャース事件は、その指揮全体にわたりこれ以上不合理な扱いを思いつくのは難しいほどです。[*2] 警察は、ひどく熟慮に欠ける新聞論調のころころ変わる風向き毎に同調して、あらゆる方向に流されているように見えました。結末である真実は完全に見失われそうでした。治安判事は殺人者が無罪放免になるのを憂う一方で、法廷を楽しみ法律学の専門的事項を切り刻むことで自分の気晴らしの場としました。そのような捜査での少なからぬお決まりのミスは、付随的、状況的な事象を一切無視して調査を最も近い関係にあるものに限定してしまうことです。証拠と議論を表面的に関連性のあるものの枠内にあまりに強引に閉じ込めるのは悪習です。経験が示してきたように、そして哲学が常に示そうとしているように、真実の膨大な部分おそらくより広大な部分は、一見すると関連性がないものから生じます。まさにこの原理の精神を通して、近代科学は予見できないものを算定することを解決してきたのです。人間の知識の歴史がまさしく一様に示してきたように、数えきれないほどの非常に価値ある発見について私たちは付随的または副次的または偶発的な事象に恩義があるのであり、だから発展の将来展望においては、発明が偶然の機会によって――予想の範囲を外れて――生じ得ることを、広くにとどまらず最大限に斟酌することが不可欠になったのです。したがって、何がそうだったかということ、物事はそうであるはずだという考え方に根拠を置くのはもはや哲学的ではないのです。偶然の出来事は基礎構造の一部であると認められます。私たちは偶然の機会を絶対的確実性のある事柄にしてみせます。私たちは探されたことのないもの、想像されたことのないものを学校の数学の公式の支配下に置きます。しかし私が今申し上げたいと思うのは、ちっぽけな治安判事たちが、あまりにも気取った態度を猿真似したり、法廷の四角四面の指示書をオウム返しに繰り返したりしがちだということです。しかもおまけに、法廷によって証拠として却下されるもののうち非常に多くが識者たちには最上級の証拠なのです。というのは法廷は証拠の一般原則――認識され記録された証拠という原則――によって導かれることが常なのです。特別な事例で急ハンドルを切ることを嫌がります。そして原則へのこの確固たるしがみつきは、相反する異議申し立てを体系的に無視することと共に、どんなに時間がかかろうとも到達可能な最大限の真実に到達する一番確実な方式ではあります。ゆえに慣習は全体としては理に適っていますが、にもかかわらずそれが多くの超常事例で膨大な量の個別のミスを発生させることも確かなのです。それがポリー・ボディンの来る公判で、皆に明らかとなる失敗をすることになると確信するに十分な理由を、私は持ち合わせています。

　ゴッサムの文学界は特に慌ただしくはありません。そういえば、ウィリス氏が自身の詩の非常に立派な版――唯一の完成版――を肖像画入りで発行しました。『メラニー』の著者以上に、それほど必要もないのに多くの罵りを受けている者はほとんどいません。私は、『ニュー・ミラー』(*New Mirror*)の彼の筆による記事を、彼のグレン-メアリーの放棄とそうすれば見いだしたかもしれない平穏と余暇を惜しむことなしには、読めません。その引退で、彼は自分自身と後代の両方のために多くを成し得たかもしれないのに、面白半分なものや流行りものを扱うと公言するつまらない週刊誌のオールへ鎖で繋がれて、彼は今、公衆の無関心という泥沼の中へ徐々に沈んでゆくこと以外に何を期待できるでしょうか。彼のために、私は『ニュー・ミラー』が死にゆくことを心から切に願います。あなた方は『グレイアムズ・マガジン』での彼の伝記を目にされたでしょうか。文体はやや堅苦しいが事柄は真実でした。W氏は、与えられる称賛のすべてでないにしてもほぼすべてを受けるに値します。新聞社のいくつかは、石臼を透かして見る習慣があって、記事をロングフェローの作であるとしており、当のロングフェローの様式は、マザッチオの聖母がラファエロの聖母に似ているのと同じぐらい似ています。真の著者（ランドール氏）は、優れた才能の人物ですが、簡単には間違われようのない或る特定の言い回しをもっていて、同じペンで五〇年間も執筆したことを豪語するカーディナル・チギと同じくらいの、単一作風の書き手です。

「年刊」でいうと、一八四五年向けにはたいした準備は行われていません。キース（Keese）氏が自身の『ウインターグリーン』（*Wintergreen*）を出版するつもりかどうかは疑問です。アップルトン氏は何か面白いものを発行するかもしれませんが、彼は冒険する気はなく、あえて言わせてもらうならむしろギフトブックの類の全般的衰退の方を選ぶつもりでしょう。ギフトブックの利益は少額なのです。キカー［ライカー］氏は『オパール』を準備しており、それは、グリズウォルド氏によって初めに編集され、その後ウィリス氏によってきわめて短期間で編集され、そして今、洗練された才能と力強い活力と能力を持つ婦人、ヘール女史によって編集されています。とはいえ『ギフト』は勝利者になるでしょう。ところで、グリズウォルドの『文学の珍品《curiosities》のアメリカシリーズ』をあなた方が目にしたことがおありでないなら、ぜひ何卒——後生だから——それを見ていただきたい。私はあなた方にご自身の名誉にかけて、それが本質的に、文学の珍品すべての中で最も偉大であるかそうでないか、または編集者自身と同じぐらいに偉大な珍品であるかどうか、教えていただきたいのです。[*3]

P.

【訳註】

＊1　ウェブ記事“The 1843 Polly Bodine Murder Case”によると、これは一八四三年ステタン島、リッチモンド通りで起きた殺人事件で、ポリーが「妹と赤ん坊の殺人容疑」で逮捕された事件のこと。なおこの事件でポリーは「マンハッタンの魔女」と呼ばれ恐れられ、下級裁判所であるマンハッタン裁判所は有罪判決を下したが、州裁判所は差し戻し、再審を命じた。その後無罪判決も出たが、未解決のままとなった事件のこと。ポリーは裁判の間二年収監されたが、その後は嫌疑不十分で釈放され一八九二年まで生きた。アメリカの裁判判例上の有名な事件とされる。ここでポーが裁判の行方を正しく予見したことは注目に値する。

＊2　メアリー・ロジェの殺人事件は、ポーの「マリー・ロジェの謎」（“Mystery of Mary Roget,” 1842）の素

材であり、事件は迷宮入りとなっている。ポーはその作品の序で、「ニューヨークでおきたメアリー・シシリア・ロジャースなる娘の殺人事件が依然として未解決であり、そこでパリのマリーという煙草売りの娘について書いた」としている。

＊3　これは勿論、ポーの編集者グリズウォルドに対する当てこすりの表現である。この文章では *Curiosities* を好奇心をそそる骨董品と珍奇な変わりものの二重の意味で使っている。

＊　＊　＊

「手紙7　一八四四年六月二五日、ニューヨーク発」

Text: Edgar Allan Poe, "Doings of Gotham [Letter VII]," *Columbia Spy* (Columbia, PA), vol. XV, no. 10, July 6, 1844, p. 3, col. 1.

七月の『コロンビアン・マガジン』［正式名は *Columbian Lady's and Gentleman's Magazine*. ポーは「催眠術の啓示」他数編をこの雑誌に寄稿した］は数日前に発行されていますが、多くの点で特別です。すべての記事は当時最も勤勉だった編集者のジョン・インマン氏（Mr. John Inman）の筆によるものです。「鳥の語り」と呼ばれる面白い論文と、ホルバイン［Hans Holbein, 1497-1543. ルネサンス期のドイツの画家。木版画シリーズ『死の舞踏』（一五三八）が特に有名］の「死の舞踏」（"Dance of Death"）についての優れた説明があります。インマン氏の「重要なお知らせ」は常にうまく書かれていて趣味もよい。『コロンビアン』の今号には、モロードのダゲレオタイプからの、サッド（Sadd）による彼のメゾチント彫法［明暗の効果を出す銅版術］による肖像画があります。メゾチントとしては、できは悪いです——薄暗くて汚い。似ているかどうかについていえば、それは確かに似ています。つまり、彼の友人はそれが彼だとわかるかもしれませんし、そうでないかもしれません。しかしそれはインマン氏をあまりに老けてみせており、彼は本当はもっとはるかに見栄えの良い人であり、より知的な顔をしています。しかし、この写真に異議がある場合も、次のようなものには取り立ててケチをつけることはできないでしょう。つまりオームズビー（Ormsby）によって撮られた編集者の娘の肖像で、これは絶妙なものであり、バートレット（Bartlett）の絵からとった非常に美しい風景が背景においてあります。

ちなみに、H・I氏は、間違いなくあなたが新聞で見たようにイギリスに行ってきました。彼の芸術的能力は彼の兄弟の文学的な才能にまさに匹敵しており、イギリスでは彼らは評価されるでしょう。彼の「ファニー・エルスラー」（Fanny Ellsler）を見たことがありますか？　それは彼の主な長所と短所を完全に具現したものです。彼のスタイルは、フィラデルフィアン・ロザーメルス（Philadelphian Rothermels）の逆です。前者は簡潔にいえば円満でまた出来上がったものとして、後者は大衆的または暗示的と位置づけることができます。一方は想像力に何も残しません――もう一方は非常に一時的ではありますがほとんどすべてを残します。I氏は仕上げは精巧で、R氏は光と影を幅広く威勢のいい操作で扱い見るものを引き付けます。「ファニー・エルスラー」では、女性バレリーナの全体像や絵画のすべての付属の構成要素、特にその花瓶以上に慎重に触れられた色合いのグラデーションによって、キャンバスからより精巧に「引き出される」ものはほかにありません。しかし、偽の曲線美が導入されるべきだとは思いません。より具体的にいえば、この例では人を装飾するのではなく外観を損なっています。最も顕著な欠陥は、観客の方に傾いているように見える床の遠近法（空中および線形）にあり、バレリーナの椅子が滑り落ちる危険性があります。同様の失敗は、「村の学校の大騒ぎ」でも非常に顕著です。

『グレアムズ・マガジン』もしばらく前からでており、多くの賞賛に値する論文が含まれています。その中でも、ローウェル（Lowell）の「新年の前夜」（New-Year's Eve）がいいと思います。「ヒューロンの果樹園の正午」ルイ・ルグラン・ノーブル作。オスグッド夫人による「バレンタインの前夜」批評は別の書き手によるようです。ウィリス（Willis）に関するものはうまく書かれており、おおむね正しいです。しかし賞賛しようとする目的はあまりにもみえすいています。

最初から最後まで非難の言葉はありません。これは大衆だけでなく、ウィリス氏に対しても不当な行為です。ウィリス氏は、非難よりもべた褒めによってより傷ついています。私は「アイヴォン卿と彼の娘」を長い詩の中で最高だと考える批評家に完全に同意します。しかし、驚くべきことに、彼は数多くのものに言及しながら、著者のすべての長短の詩の中で最高のものに言及していませんでした。ここでその詩を引用することをお許しください。

「見えざる霊たち」

影はブロードウェイに沿ってのび――
時は黄昏近く――
すると美しい女性がしずしずと
彼女のプライドに包まれてやってきた。
彼女は一人で歩いたが、姿はみえない精霊たちが
彼女の側に寄り添った。

平穏は足下の道を魅了し、

名誉は大気を魅了し、
人々は賛嘆のうちに彼女を見やり、
彼女を美しい人、善良なる人と呼ぶ。
神が彼女に与えたまいしすべてを
彼女は細心の配慮で守ってきたのだから。

暖かくひたむきに愛する恋人から
彼女はその類まれな美しさを大事に守った。
彼女の心は黄金以外のすべてに冷たく、
金持ちは彼女に求愛しなかったのだ――
美貌《チャーム》を売るのを恥じることはない。
司祭さえ護符《チャーム》を売るのだから。

そこへもう一人のひときわ美しい人がやってきた、
か細い少女、白百合のような乙女。
そして彼女にも連れ添う仲間がいたが

懇願する天使はいなかった――
窮乏と蔑みという仲間をつれて彼女は孤独に歩き、
そして、何もえることがなかった。

いかなる慈悲も今彼女の眉を晴らさず
この世界の平和を祈らせることはできぬ
なぜなら、愛の激しい祈りは空気に溶け、
彼女の心も崩れおちた。
だが天国でキリストによって赦された罪を、
人が常に呪いつづけるとは[*1]!

ホーン氏の『時代の新精神』のレビューで、トマス・インゴルスビィ（Thomas Ingolsby）の記事を賛美する批評家を見つけて驚きました。ホーン氏によって書かれていない同じ号の三、四の論文。また、すべての不条理のうち最大の不条理である、ディズラエリ［Isaac D'Israeli, 1776-1848］の「文学の楽しみ」の付録にあったグリスウォルドの称賛のようなものを聞くことは、馬鹿げています。「岩の洞穴」（Cave in the Rock）の木版画は、これまで雑誌に掲載された中でも最も素晴らしいもののひとつです。

今月はまだ『ゴデイズ』（*Godey's*）も『ニッカーボッカー』（*Knickerbocker*）も『婦人の友』（*Ladies Companion*）も見ていないのでそれらを見て、ニュースの遅滞を補うべく次号の記事でそれらについて説明しましょう。*2

P.

【訳註】

＊1　この詩は "The Poetic Principle"(1850) にも引用されている。「詩の原理」の翻訳は、これまで尾形敏彦『詩人E・A・ポー』や、八木敏雄編訳『ポオ評論集』他があるが、詩翻訳は拙訳によった。

＊2　この次号というのは知られていないが、スパニュース&マボット編のテクストには、エリ・ボーエンに宛てた *Public Ledger* のための、七月一七、一八、一九日付けの記事も収録されている。しかしその内容には七通との連続性はない。

Ⅱ　「雑誌社という牢獄秘話」[1]
(“Some Secrets of the Magazine Prison-House”)

（初出誌）

The Broadway Journal February 15, 1845

Text: *Collected Works of Edgar Allan Poe* Volume III:
Tales and Sketches,
edited by T. O. Mabbott (Belknap, 1978), pp. 1205-09

THE BROADWAY JOURNAL.

VOL. I. | NEW YORK, SATURDAY, MAY 10, 1845. | NO. 19.

C. F. BRIGGS, EDGAR A. POE, H. C. WATSON, EDITORS.

GLIMPSES OF BROADWAY.

NO. 1.

FROM UNION SQUARE LOOKING DOWN BROADWAY

THE NATIONAL ACADEMY.

PORTRAITS.

Every year upon the opening of the exhibition, we hear the senseless cry repeated from shallow-thoughted writers, "too many portraits—who wants to see men's faces—why don't they give us more historical works?" as if historical pictures were anything but groups of men's faces. A portrait is to a historical composition what a biography is to history, or a legend to a novel. For ourselves, we prefer portraiture to historical compositions; and we regard a good portrait as the very highest reach of art: and so does the world at large regard it. The most valuable paintings in the world are portraits; they sell at higher prices than any other pictures, and give the highest degree of pleasure. Even the gross beauties of Rubens are valued more highly than any other of his paintings, and the portraits of Van Dyke and Titian are the most esteemed of their productions. Take the portraits from the list of Reynolds' works, and there would be nothing left worth having. Among our own painters, Copley, Stewart, Trumbull, and Alston's portraitures comprise the best and most numerous of their productions. Perhaps the finest collection of pictures in the country, is the Portrait Gallery of Harvard College, which contains some of the finest of Copley's and Stuart's heads. A bad portrait of a bad subject is certainly not a pleasant thing to contemplate; but a fine portrait of a fine head, is one of the most charming and profitable objects in Art. A portrait of Shakspeare by such an artist as Van Dyke, would be worth more than all the historical pictures painted in his century. It is the true object of

Front Page of *The Broadway Journal* May 10, 1845
Dwight R. Thomas and David K. Jackson,
The Poe Log (1987), p. 532

国際著作権法の欠如は、書籍販売者から文学的労役に対する報酬として何らかを得ることをほぼ不可能にさせてしまうことによって、私たち極上の作家の多くを雑誌やレビュー誌の労役へと追いやる結果を生じさせてきました。雑誌やレビュー誌は、その信用のもととなる頑なさで、文筆業という割に合わない分野においてさえ、作家の雇用に対して対価を支払われるだけの価値があるという古き良き慣わしを、ある一定程度またはおぼろげな程度に守っているのです。いったいどのように――これらのジャーナルが、正直で礼儀正しい者の執拗な本能によって、英国の定期刊行物いずれか四誌、一年分を八ドルの対価で供給するフォスターズ&レオナード・スコッツ(*The Fosters and Leonard Scotts*)[2]によって引き起こされた抵抗に面と向かって、自分たちの支払い慣習をあくまで貫き通すように画策したのかは、私たちが得心するのにはなはだ困難をきわめた点であります。私たちは、最終的にはなおも蔓延する「党派心」(esprit de patrie)同様合理的ともいえない根拠に落としどころを見つけるよう仕向けられたのです。雑誌が存続することができ、単に存続するだけではなく繁栄することができ、単に繁栄するだけではなく元来の寄稿に対して金銭を支払う余裕を持つことができるということは、このような状況下では、実に空想的でありながらなおも共感できる憶測、つまりアメリカ人の胸中にかつて生命を吹き込んだ文筆業および文芸に対する好感の火のなかには、どこかいまなおすっかり消されたわけではない残り火が存在しているとの憶測によってしか、解明し得ない事実なのです。

私たちが図々しくも全ヨーロッパから利益をくすねて文字通り肥え太っていく一方で、私たちの貧しい下請け文筆家を無条件に餓死させるような目に遭わせるわけにはいかないのです（おそらくこれはたとえ話にすぎませんが）。この類のひどい非道を許すというのは「あるべき姿」（comme il faut）[3]では断じてなく、それゆえ私たちは雑誌を持ち、それゆえ私たちは一部の皆さんにこれらの雑誌を（まったくのお情けで）定期購読してもらい、それゆえ私たちは雑誌出版業者（ときに自らに「編集者兼経営者」という二重の称号を持たせる）を持つのです――いわゆる出版業者は、良好な経営と時折のたばこの一服と常日頃の慎み深い追従という特定の条件下では、貧しい下請け文筆家[4]を一ドルまたは二ドルで激励することを良心の問題と把握しているのです。多少とも彼が行儀よく振舞い、鼻であしらうという無作法な癖を慎んでいる以上は。

とはいえ、私たちは、彼ら（雑誌出版業者）の側からすればなるほどまさに卑しさのように見えるものが、現実には彼らが責任を負うべき卑しさであるとあてこするほど、偏見を抱きたくもなければ執念深くなりたくもありません。実際には、私たちが言ったことはそのまま何らかの非難の裏返しという傾向をもつ、ということはすぐにわかるでしょう。こちらの出版業者は何がしかを支払う――他の出版業者はまったく何も支払わない。ここには明らかに差があります――数学者は、差は微々たるものであろうと主張するかもしれませんが。とはいえ、幾人かの雑誌編集者兼経営者は支払い（それが合言葉）、そしてあなた方の真の貧困下請け文筆家にとっては、ほんの少しの好意でもありがたく受け入れるに違いありません。いいえ実は卑しさは、扇動政治家に乗せられた大衆の戸口に横たわっており、そのような大衆は、彼らの選任された「アノインテッド」代表者たち（またおそらくは、ののしって追い払われた「アロインテッド」代表者たち――どちらでしょう？）[5]が私たちの国立公会堂で、『文学的ヨーロッパ』を公の場で盗むことの美点と便利さについて演説したりします。特に人は、彼自身の頭脳に対してにせよ、彼が忌々しい毛虫の様に紡ぎ出すことを選ぶ薄いクモの糸のような素材に対してにせよ、何らかの権利と資格を持つという、あまりにも理にかなわない原理を認めることについて演説したりすることによって、彼ら（大衆）の常識が侮辱されることに悩まされます。この薄くて切れやすいクモの糸的性質が少しでも保護を必要としているというなら、私たちは自分の手をすぐに「蚕と桑」（morus multicaulis）で一杯にしますよ。[6]

しかしこのような状況下で、私たちが雑誌出版業者のあからさまな卑しさに不平を言うことができない（彼らは支払う側なのだから）のであっても、少なくとも一つ彼らに対して私たちが非難するに十分な根拠を持つ事情があります。彼らは（支払わなくてはならないのだから）快く速やかに支払わないのはどうしてか、ということです。この時点で私たちはむしゃくしゃしているなら、冷酷無慈悲なシャイロック［高利貸］の頭髪を逆立てることになる話を明かしましょう(7)。ひどい貧窮の形をした絶望そのものと苦闘している一人の若い文筆家、その貧窮には何の軽減策もなく——彼の困窮を理解することのできない実社会からの同情はなく、実社会は仮に困窮を十分に把握していたとしても理解していないふりをすることでしょう——この若い文筆家は、「気前よく支払われる」はずの記事を創作することを慇懃に要請されます。有頂天になった彼は、おそらくひと月の間、生計を賄えるだけの可能性を彼に与えるたった一つの雇用をおざなりにし、そのひと月の間中彼と彼の家族を飢えさせながら、とうとう飢餓のひと月と記事を完了させ、記事を（飢餓についてのはっきりした仄めかしと共に）、威張った態度で恩着せがましく彼（貧しい下請け文筆家）を称えていた小太りの「編集者」兼とっくり鼻の「経営者」へ発送します。ひと月（依然として飢餓状態）が過ぎ、返事なし。もうひと月——なおもなしのつぶて。さらにふた月——なおも音沙汰なし。記事がその宛先に到着していないのではないかということを控えめに仄めかす二度目の手紙——やはり返信なし。さらに六か月が満ちた時点で、「編集者兼経営者の事務所で直接申し立てがなされます。再度訪問。貧しい文筆家は出かけます、再訪しないわけにはいきません。さらに改めて訪問——こうして再訪がそれからの三か月または四か月の間の合言葉になります。彼は忍耐を使い果たし、記事を要求します。だめです——彼は記事を手に入れることができません（記事はよくできていてそうあっさりとは手放せないというのが真実です）――「記事は印刷中」で「この種の寄稿には発刊後六か月未満で支払いがなされることはない（それが私たちのしきたり）ということだよ。君の仕事が発行されて六か月経ったら訪ねたまえ、そうすれば君の取り分のお金を用意しておくから――私たちは根っからのビジネスマンだから――きっとね。」この貧しい下請け文筆家は得心し、「編集者兼経営者」は紳士であり当然ながら自分（貧しい下請け文筆家）は求められたとおりに待つことにしようと心を決めます。そしてお察しの通り、彼は待つことができたなら待ったでしょう――しかしそうこうするうちにも死は待ってくれません。彼は死に、彼の死亡（飢餓によってもたらされた）という幸運により、太った「編集者兼経営者」はそれ以後も永遠に五二〇ドルという金額まで肥え太り、その金額は非常に賢く貯蓄され、カモ料理とシャンパンに惜しみなくつぎ込まれることになるのです。(8)

読者には、この記事に目を通されたうえで、やってほしくないことが二つあります。一つは読者には、私たちが自分自身の何らかの個人的経験から執筆していると信じないようにしてほしいのです。というのも私たちは実際の苦悩者の報告のみに依拠しているのですから。そして二つめに読者には、今も健在しているいずれかの雑誌出版業者、どれもが彼らの知性および才能の評価と同じぐらいに寛大さと洗練さの点で卓越していることがよく知られているそれら雑誌出版業者に対し、私たちの見解を、いささかも彼らに直接あてはめたりしようとしないでいただきたいのです。

【マボット原註】

（1）「ルカ伝」10:7, "The laborer is worthy of his hire." を参照せよ。

（2）セオドア・フォスターはイギリスの雑誌のニューヨーク復刻版を出版した。その一部は、一八三五年四月と一二月に『南部文芸通信』でレビューされた。一八四五年にはフルトン街のレオナード・スコット社が同様の海賊版を出版した。

（3）"As it should be." この同じ句をポーは「オムレット侯爵」でも使っている。

（4）ポーは "poor devil authors" を以下三か所でも使っている。"a review of A Continuation of the Memoirs of Charles Mathews in *Burton's*, January 1840; in "TheLiterary Life of Thingum Bob," "A Reviewer Reviewed."

（5）*Macbeth*, I, iii, 6, "Aroint thee, witch." を参照せよ。

（6）"Morus multicaulis" は、カイコが食べる桑の葉である。数年間、米国のカイコの文化には熱狂的な投機的な関心があった。一八四四年のニューヨーク・アメリカ産業年次報告書の大部分は、カイコ産業を扱った会議、議論、および論文に充てられた。

（7）『ハムレット』一幕五場（13-20）の亡霊のセリフを参照せよ。

"But that I am forbid
To tell the secrets of my prison-house,
I could a tale unfold whose lightest word
... [would make] ...
Thy knotted and combined locks to part
And each particular hair to stand on end,
Like quills upon the fearful porpentine." [page 1210:]

Shylock, however, is usually played in a long wig; it would be hard to make his hair stand on end. (Compare the motto for "A Tale of Jerusalem.")

（8）「編集者兼経営者」は、一八四五年一〇月二五日に『ブロードウェイ・ジャーナル』でポー自身が持つことになる称号でもあった。

Ⅲ 「直覚対理性—— 黒猫序論」
(“Instinct vs Reason”)

（初出誌）

Alexander's Weekly Messenger, January 29, 1840, p. 2

Text: *Collected Works of Edgar Allan Poe*: Volume II:

Tales and Sketches,

edited by Thomas Olive Mabbott. (Belknap, 1978), pp.477-79.

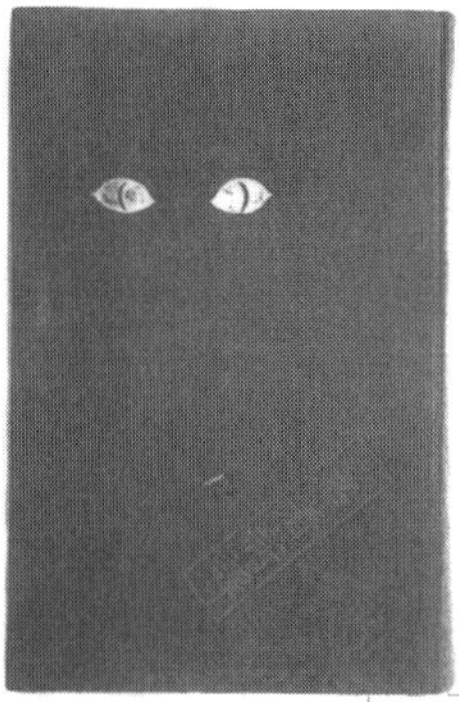

『名著新訳』本間久四郎訳
文禄堂書店、明治40年11月刊

名著新譯

黒猫物語

『名著新訳』の本文

明治翻訳文学全集：新聞雑誌編　19

『ポー集』川戸道昭、榊原貴教編　「黒猫物語《くろねこものがたり》」

人間の誇る理性から野性の生きものの直覚を分かつ線は、疑いもなくきわめておぼろで怪しいものにすぎない。その境界線たるや、北東部やオレゴンの境界線以上に引くのが難しいものなのだ。(1)下等な生きものが理性を持っているかどうかは、おそらく決着のつかない問題であり、現在の我々の知識では測り知れない。人間の自己愛と傲慢さが獣に対し彼らの思考力を否定することに固執するのは、それを認めることは彼が誇る生きものへの卓越性を奪われることになるように見えるからであるが、それでいて人間はたえず、直覚を劣った機能として低く見るというのは矛盾ではないかとも気づいてきた。むしろ人間は、もっぱら人間のものだと主張する理性に対し、直覚のもつ優位性をあまたの場合認めざるを得ないのである。直覚は理性より劣等なものであるどころか、おそらく最も必要に迫られた知性である。(2)真の哲学者には、聖なる心そのものが生きものに直接作用しているように思えるのである。

ところでアリジゴク、*1様々な種類のクモ、およびビーバーの習性*2は、人間の理性の通常の操作と驚くほど相似しており、いやむしろ類似性を持つといえるが、これ以外の他の生きものとの直覚にはそのような人間との相似性がない。それはただ神性の霊そのものにのみ比較できるもので、動物の意志を、肉体器官を介さずに直接働きかけ行動する。これらの高尚な種の直覚のうちサンゴ虫は驚くべき例である。大陸の建築家ともいうべきこの小さな生きものは、最高に熟練したエンジニアが、目的の測り知れない正確さと知恵を吸収するかもしれないほどの科学的適応性と配置の天才を持っていて、海水に対する城壁を建設することができるだけでなく、予見の才能も持ちあわせている。それは数か月前から、その住まいに起こる偶然の事故を予見し、無数の仲間によって助けられ、みなが一つの心で行動していて（実際に創造主の心で行動しているのだ）、将来ときとしてありうる影響に対抗するために熱心に働く。また、蜂の巣に関連した非常に素晴らしい考察がある。数学者が、ミツバチが望むような細胞で、計算された形状の問題を解くべき強度と空間の二つの必要条件を求めるとしよう。各セルに、最大の広さと最大の堅牢性を与える角度の度数を伝え、同じものが表示されているときに屋根が傾斜しなければならない正確な角度を決めていく。そのとき彼は分析研究の最高かつ最も難解な質問に関与しており、ニュートンからプラスになる必要がある。というのもミツバチがそうしているように、彼はたえずその問題を解決しつつ前に進む必要があるからである(3)。直覚と理性の主要な区別は、一方が無限に正確であればあるほど、より確実でその動作範囲がより広いように見えることで、もう一方は、動作範囲ははるかに広い。ああなんと私は、単に猫についての短い話をするつもりだったのに、気づけばくどくどしい説教をしてしまっていることか。

さてこの物語の著者は、本当の意味できわめて注目すべき黒猫の所有者の一人であり、「黒猫はすべて魔女だということを思い出させる」ということを言い出すに及んではまさにそうだといえる。問題の猫は体に白い毛は一本もなく、おとなしくて聖なるふるまいをする猫である。彼女が最も頻繁に出入りする台所の出入口は、親指ラッチ（引き金）と呼ばれるもので閉じたドアによってのみアクセスできる。このラッチの構造は無造作ではあるものの、それを押し下げるにはある程度の力と器用さが常に必要である。しかしこの猫は毎日ドアを開ける習慣があり、彼女は次の方法でそれをやってのけたのである。まず最初に地面からラッチのついたガード（口金）（銃の引き金に似ている）に跳び上がり、これを介して左腕を押したままにしておく。今度は、右手で親指状の引き金を、それが収まるまで押すのだが、これは何回か繰り返す必要があった。というのも彼女はそれを強引に押し下げたが、彼女が仕事をしてもまだことの半分しか完了していないことに気付いていているようだ。というのももし扉は、彼女が跳び下りる前に押し開けられなければ、引き金は再度その口金に戻ってしまう。それゆえ彼女は、後足が引き金のすぐ下にくるように体をねじ回し、身体全体の力をかけてドアから跳び退くと、バネのはずみで扉が開き、十分に弾みが続くまで後足が引き金を支えているのである。

　私たちはこの奇妙な偉業を少なくとも一〇〇回は目撃したが、[*4]この記事のはじめでいったように、直覚と理性の境界は非常に曖昧模糊としているという真実をまざまざと思いださずにはいられなかった。件《くだん》の黒猫は、[*5]その偉業を果たす際に、我々が理性だけに備わると仮定する規範的特質と習慣にあるすべての知覚的、反射的機能を最大限利用したに違いないからだ。

【マボット原註】

（1）メイン州とニューブランズウィック州の境界紛争は、一八四二年の Webster-Ashburton 条約によって解決された。オレゴン州の境界は、一八四六年に北緯四九度線とすることで確立されたことを指す。

（2）この語（exacted）は恐らく“exalted”の誤植であろう。［ここでは原文のまま訳した。］

（3）動物界のメンバーの不合理な行動に関する考察については、一八二九年のポーの詩「ロマンス」にあり、一五年後の「大鴉」で頂点に達する。ポーは再び「ジュリアス・ロッドマンの日記」の第三章と「シェヘラザードの千二夜の物語」でコラライト、アリ、ライオンに言及した。偉大な科学者アイザック・ニュートンとラプラスには註釈の必要はないだろう。

【訳註】

＊1　アリジゴクの成虫の一部は「ウスバカゲロウ」と呼ばれる。アリジゴクは肉食の昆虫でその生態や食性は不思議に満ちている。ウィキペディア「アリジゴク」によると「軒下等の風雨を避けられるさらさらした砂地にすり鉢のようなくぼみを作り、その底に住み、迷い落ちてきた地表歩行性節足動物に大顎を使って砂を浴びせかけ、すり鉢の中心部に滑り落として捕らえることで有名である。捕らえた獲物には消化液を注入し、体組織を分解した上で口器より吸汁する。この吐き戻し液は獲物に対して毒性を示

し、しかも獲物は昆虫病原菌に感染したかのように黒変して致死する」とあり、その毒性は物凄く、ポーはこれらの生態的特性を念頭においてこの一文を書いたと思われる。

＊2 ビーバーの習性とは、川や岸に木材等で塚を組み上げてダムを造ることを指す。人間の行う土木工事に近いやり方でダムを何世代にもわたって築き、食料確保の道を切り開く。ビーバーによるダムへの着目はソローの『コンコード川とメリマック川の一週間』にもある。一九世紀中葉の自然史への関心の高まりを窺わせる。なお、ソローは自然史作家であるが、ポーもソローと同様自然史に詳しい。両作家共通のテーマとして貝類学や昆虫学がある。

＊3 マボットの「序文」（477）によるとここで言及されている猫はポー一家が買っていたカテリーナという名の猫ではなく、それ以前飼っていた黒猫であろうとしている。国立ポー歴史館（フィラデルフィア）に剥製らしき猫が、ポー一家が再現された部屋の机の上に置かれているが、それでもわかるようにカテリーナは黒猫でなく茶に黒の少し混じったいわゆる三毛猫である。「黒猫」では明らかにストーリー上の要請からも黒猫にし、それにより、〈世界の黒猫文学〉の原型となった。

＊4 ここではポー家にいたカテリーナが念頭にあると考えられる。

＊5 「件の猫」とは、読者が読む作品「黒猫」中の雄猫プルートーへの言及であろう。

Ⅳ 「ダゲレオタイプ論」（1～3）

（“The Daguerreotype”1,2 初出誌）

Alexander's Weekly Messenger, vol. 4, no. 3, January15,1840, p. 2, col. 1 and vol. 4, no. 19, May 6, 1840, p. 2,col. 2

Etext: https://www.eapoe.org/works/misc/dgtypea.htm

（“The Daguerreotype” 3 初出誌）

Burton's Gentleman's Magazine, April 1840, 6:193-194

Etext: https://www.eapoe.org/works/misc/scnart02.htm.

ダゲレオマニア、ポーの代表的ダゲレオタイプ

Whitman Daguerreotype, 1848,
Brown University Library

Ultima Tule,1848 , Philadelphia
Free Library

"Stella" daguerreotype, 1849
University of Virginia Library

"Pratt" daguerreotype, 1849.
Woodberry's *Life of Poe*

「ダゲレオタイプ論１ 驚異の発明」 一八四〇年一月一五日

この単語 DAGUERREOTYPE、は適切に綴られた言葉であり、ダゲレオタイプと書かれているとおりに発音される。発明者の名前はダゲールで、フランス語の使用法では、複合語の形成において二番目のｅにアクセントが必要となる。この装置は近代科学の最も重要で驚異的な発明と見なされることは間違いない。この発明の歴史について、カメラ・オブスキュラから派生した初期の発想とフォトジェニー（太陽の画描を意味するギリシャ語）の詳細なプロセスについても、ここでは長くなりすぎるので今は詳しく触れる紙幅の余裕はない。とはいえかいつまんでいえば、銅の上に銀を載せた板が調製され、考えられ得る最も繊細な肌理《きめ》の、光を作用させるための面を提供するのだ、と言うことができる。ステアタイトと炭酸石灰を同等の量含有するステアティック石灰岩（ダゲレオライトと呼ばれる）を用いてこの板に高度な磨きが与えられたら、精細な表面は、次いで、ヨードの入った容器の上方に設置されることによってヨード化され、やがて全体が黄白色がかった色合いを帯びる。そうしたら板は暗箱内に置かれ、この器械のレンズは、それが描き出すことを要求されている被写体へ向けられる。光の作用が残りの用を果たす。作動に必要な時間の長さは、一日のうちの時間および天候の状態によって変わるが――だいたいの時間は一〇分から三〇分――経験だけが取り出しの適正な時点を示唆する。撮影されたとき、板は最初のうちは明確な刻印を押されたようには見えない。だが、いくつかの短いプロセスがそれをほとんど奇跡的な美しさに現像する。ダゲレオタイプと比べれば、どんな言語もおよそ真実を伝え損ねているとしか言えない。しかもこの場合視点の源が描出者（デザイナー）そのものであることを考えると驚異と言うほかない。実際ダゲレオタイプは無限の（この語の真の意味で）まさしく無限の正確さにおいて、人間の手によるいかなる絵画よりもその再現性に秀でているのだ。もし我々が強力な拡大鏡で通常の絵画を仔細に眺めたとすれば、自然に似せて描かれたすべての線は消え去ってしまうことになるだろう。しかし写真素描を厳密に精査すれば、より絶対的真実のみを開示し、再現された事物の姿の現実とのより完全なる同一性を示すのである。翳の多様性も、線的・空間的遠近のグラデーションも、その完璧な卓越性において真実のままなのである。

この発明の成果はこれっぽっちも目に見えるはずがない――が、あらゆる経験は、哲学的発見の点において、私たちにこう教えてくれる。つまりそのような発見の場合は、それは予見できないことであり、それに対して私たちはごくおおまかに見積もらなくてはならないということを。何らかの新しい科学的発明の結果は、今日、最も想像力ゆたかな者の最も大胆な予測をもはるかに超えるだろう、ということはほぼ実証された定理である。ダゲレオタイプから派生し得る明白な利点の中で、私たちは次のことに言及できるのではないか。つまり、この器械をもってすれば、とうてい行き着けない標高の高さが、多くの場合即座に確定され得るということ、というのもその様な状況での被写体の絶対的な遠近感をそれが提供し得るからであり、また正しい月面図の描画が瞬時に仕上げられるだろうということ、というのもこの発光体の光線がダゲレオ板によって正しく認識されることが判明しているからである。*1

「ダゲレオタイプ論２」一八四〇年五月六日

私たちが受け取る新聞の中あらゆる点で非常に良質な新聞の一紙である『ニューヨーク・サンデー・マーキュリー』（*New York Sunday Mercury*）は、国立デザインアカデミーの第一五回年次展覧会に関する優れた論説を掲載している。この新聞のダゲレオタイプに関する観察は特に秀逸である。ただし、転写が紙の上に生成できるようになるまでは、ダゲレオタイプの使用が彫版工にとって利益をうみださないといっていることはうなずけない。このことは一部にはそのとおりであるが、紙へのダゲレオタイプ原版の転写はまもなく達成されそうな見通しもある。フランスでは、ある種の非常にうまくいった試みがこれを達成したことがある。とはいえ、発明は全体的には芸術作品にとって有益性が高いことを立証するであろうとする『マーキュリー』に、私たちは全面的に賛同する。ところで、アメリカ人がダゲレオタイプという語に固執するのはなぜだろう。アクセントは私たちがやっているように二つ目のｅに置かれるものとされ、そうするとこの語は私たちの音節の代わりに五音節の単語になる。

【ボルティモア・Ｅテクスト原註】

（1）これらの記事は、クレアランス・Ｓ・ブリガム（Clarence S. Brigham）氏によってポーのものであることが最初に明らかにされた。テクストは、『アレキサンダー・ウィークリー・メッセンジャー』（*Alexander's Weekly Messenger*）一八四〇年一月号と五月号からである。両記事の原典は、アメリカ古書協会（American Antiquarian Society）のコレクションおよびテキサス大学オースティン校のハリー・ランサム・センター（Harry Ransom Center）のケスター・コレクション（Koester Collection）に入っている。現テクストはこれらの機関の双方から許可を得て複製し、検証されている。二つ目の記事について、最後から一つ前の文の終わりの終止符、つまり「ダゲレオタイプという語に固執するのはなぜだろう」と「アクセントは」の間の終止符は、ＨＲＣＬのコピーではかろうじて目視可能であり、古書協会のコピーでは完全に消失しているが、終止符分の余白はそのまま残している。

【訳註】

＊1　アメリカにおけるダゲレオ論でポーに先立つものとして、ナサニエル・ウィリスによる「自然の鉛筆」

（『ニッカーボッカー』一八三九年一二月号）がある。伊藤（二〇一七）一七四頁を参照されたい。

「ダゲレオタイプ論3　ダゲレオタイプの改良」[*1]一八四〇年四月（IMPROVEMENTS IN THE DAGUERREOTYPE）

最近、画像生成法（photogeny）の見事な技術に数多くの改良がなされている。セギュール男爵（Baron Seguier）は、彼自身によって構築された器械であって、多くの独創的な修正を加え、器械の目的のために装置全体の小型化と軽量化および他の点での簡略化を施した器械を発表した。現像作用の成功にとって必須であるとして公表されている条件のいくつかは省かれてもよいだろう。今後は、この技術の運用は開かれた国で実用可能になるものと見込まれる――現時点ではあまりに強烈な光に対する保護を要するように思われる精密で繊細なものでも、対物ガラスが、コーシュ氏（Mr. Cauche）によって、ダゲレオタイプで得られる画像を矯正するという視点で構築された。というのも目下のところこの画像は反転されて映り、すべての真実らしさ（vraisemblance）を破壊するという悪い結果に終わるというのが実情であるのだから。アッベ・モイニャット（Abbé Moignat）は、M・ソレイユ［M. Soleil：太陽を意味する］と共同で、表現されることを意図した被写体への照明の原理として酸水素ガスの光を導入するべく奮闘している。M・ベイヤード（M. Bayard）は刻印を紙に写すことに完全に成功したと言われている。英国ではフォックス・タルボット氏（Mr. Fox Talbot）もこれを果たしている。

アメリカでも私たちは決して手をこまねていたわけではない。ダゲール氏によって採用されたガラスの高価な組合せの代わりに、単一のメニスカス・ガラスが正確で鮮明な結果を生成するということがここで解明された。私たちは、さらに、リソグラフィーと同じく画像生成法でも希釈硝酸を用いいずとも何とかなるということを見いだした。ゆえにプロセスは格段に簡略化される。というのもなにしろ酸の使用はこれまで板の調製における最も厄介な点の一つと考えられていたのであるから。不均等に塗布された場合、金色は均一にならない。これからは、板の艶出しは、乾いたトリポリ石を用い、十分に水簸《すいひ》し洗浄して、その後に乾いた綿を使ってそれをふき取って仕上げるだけで済む。私たちはヨード箱もダゲールがしたよりもずっと浅く作った。この箱の場合、適正な色が生成されるまでに一五分から三〇分の板の露出が必要とされた。四インチなら十分に深いだろう。そうすると箱の底へ装入されるトレイは一インチの深さのトレイでよいだろう。このトレイの上へヨードが広げられ、次いでトレイの上縁へ留めつけられた二倍厚さの細目ガーゼで覆われることになる――箱の各隅には、ガーゼの一インチ内へ板を下せる余地のあるような高さに支柱が締結されている。*2

【ボルティモア・Eテクスト原註】

興味深いことに、『グレイアムズ・マガジン』一八四〇年第六巻の内容の目次は、この論説をシリーズの第二章として含んでいるうえにさらに、「新惑星の推測的発見」、「ロイヤル・ジョージ」、「ピラミッド」、「奇異な科学的誤り」、「マーブル・セトイド」、「圧縮空気機関」、「電気的複製」（一九四ページではなく誤って一九五ページとされている）、「赤い雨」という複数の項目を個々の記事に割り当ててもいる。ダゲレオタイプの改良とウイリアム・ウォレスのスケートに関する不都合に長い項目は目次から外されている。目次作成のこの多重性は、これらの記事にとりわけ興味があるとの仮説を示唆しているのか、はたまた内容を少しだけ水増ししようとしているだけなのかは定かでない。内容の索引を組み立てることは、明らかに、冗漫な業務の部類であったろうから、バートンによっては断固として避けられたはずであり、そのためこの仕事は、ポーの双肩に降りかかった可能性が極めて高い。

【訳註】

＊1　この原稿は、ポーが編集したことが確実な「科学と芸術のための章」出典 Text: Edgar Allan Poe “A Chapter on Science and Art” (2ndinstallment), *Burton's Gentleman's Magazine*, April 1840, 6:193-94）一〇章の五番目においてあるものである。テクストはボルティモアポー協会のサイトによる。（etext: https://www.

eapoe.org/works/misc/scnart02.htm）。一〇章の目次を示すと以下である。

（1）新惑星の推測的発見　（CONJECTURAL DISCOVERY OF A NEW PLANET）
（2）ロイヤル・ジョージ　（THE ROYAL GEORGE）
（3）ピラミッド　（THE PYRAMIDS）
（4）奇異な科学的誤り　（SINGULAR SCIENTIFIC ERROR）
（5）ダゲレオタイプの改良　（IMPROVEMENTS IN THE DAGUERREOTYPE）
（6）電気的複製技術　（ELECTRICAL COPYING）
（7）マーブル・レソイド　（MARBLE LETHOIDE）
（8）圧縮空気機関　（PNEUMATIC ENGINE）
（9）赤い雨　（RED RAIN）
（10）独創的な発明　（INGENIOUS INVENTION）

右の二つのポーのオーセンティシティが確立しているダゲレオに関する記事と並べてここに置くものである。というのも当時エディターの役割は執筆と編集は一体であった。この記事は「ダゲレオタイプ論1」「ダゲレオタイプ論2」と関連が深いだけでなく連続性もある。

なお、この記事のポーのオーセンティシティについては、ポーとダゲレオの関係に詳しいエリザベス・スウィーニィ教授の後述する論文（二〇一八）も「間違いない」としている。

＊2　ダゲレオタイプの表象性とポーの探偵小説創始の関係については伊藤（二〇一七）一七〇―七九を参照されたい。

V 「貝類学手引書―― 序文[*1]」

（An Introduction to *The Conchologist First Book*）

（初出誌）

The Conchologist First Book, Or, A System of Testaceous Malacology.

Philadelphia: Haswell, Barrington, and Haswell, 1839, pp. 5-8.

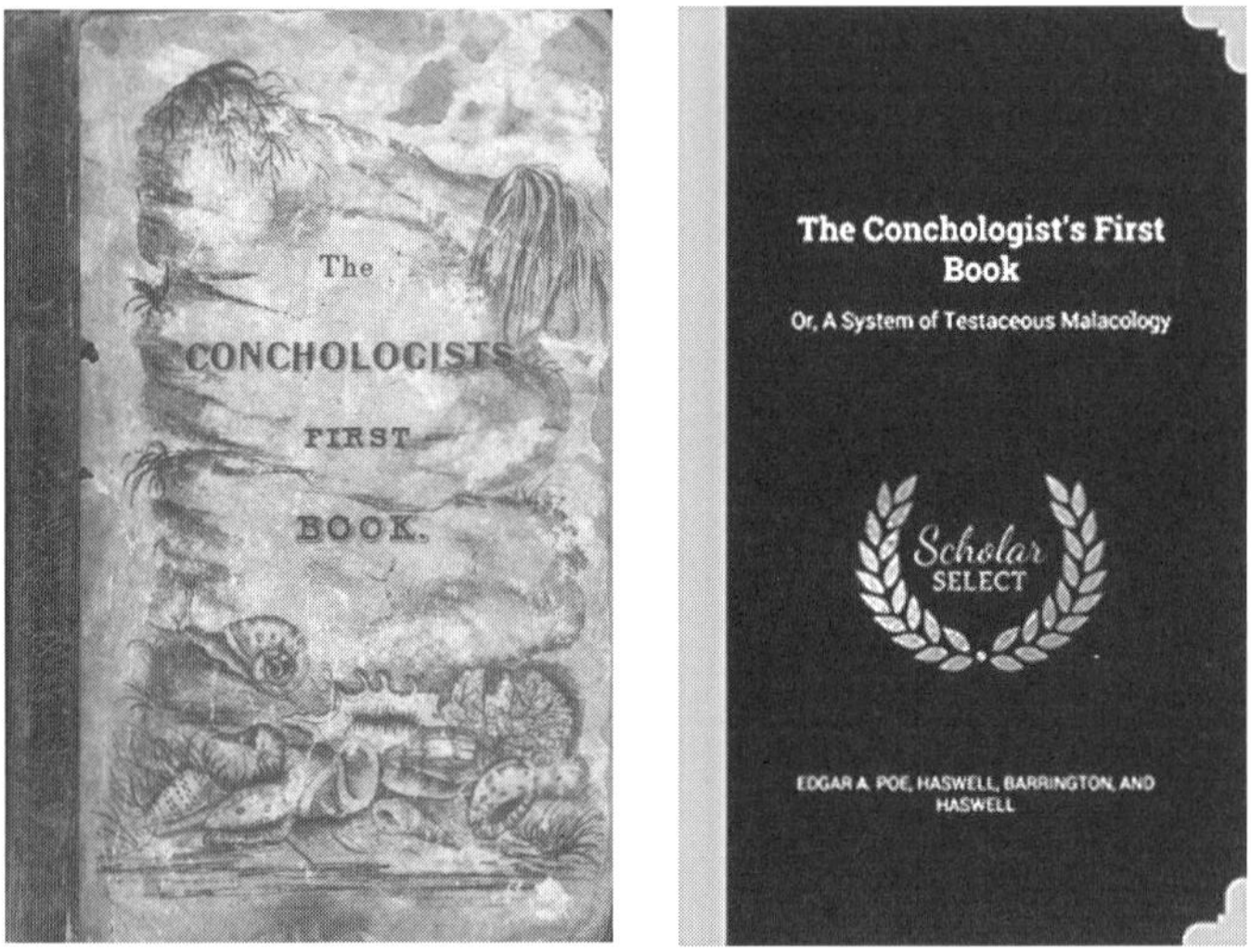

（左）*The Conchologist First Book* 初版 1839 年版

（右）現在入手可能な初版のリプリント版

作者は E. A. Poe となっている。

貝類学（Conchology）という用語は、その正当な用法では自然史の一部門に適用され、この部門は甲殻類または貝殻を持つ動物に関わる。しばしば甲殻類と混同されるが、その区別は明白で根本的であり、動物自体の組織よりも動物の生息する殻の組成と構成にある。後者クラストエリアは繊維質であり、関節のある手足を持っている。内部器官に厳密に適合する貝殻は、鎖かたびらのように生きものを覆い、ある精巧さで作られ、定期的に脱着されるか捨てられ、そしてもう一度精巧さをもって更新される。さらに、石灰のリン酸塩を含む動物性物質で構成されている。反対に甲殻類は中に入っているのは骨のないシンプルで柔らかい肉質であり、特定の粘着性の筋肉の力によってその甲殻に取り付けられている。この甲殻は永続的なものであり、中の生きものの一部に徐々に付着することにより、ときどき大きくなる。一方、階層をなして分布する貝殻全体は石灰の炭酸塩とゼラチン状物質のごく一部の組み合わせである。そのような貝を持つ動物は、「貝類学」そのものの主題を単独で形成する。

著作家たちはこの学問を軽薄であるとか必需ではない等と言いたいのではなく、また不当にもこの科学そのものを、その排他的で度を越した追求からときおり生じる甚だしい悪用を理由に責めたりはしなかった。彼らは、——貝類学は愚行である、なぜならラムフィウス［Georgius Everhardus Rumphius, 1627-1702. オランダの植物学者）が愚か者だったから——といったやり方で判断を下した。『コナス・セダ・ナリ』（*Conas Ceda Nalli*）は三〇〇ギニーで販売されていたし、最初に言及された博物学者は、リンネ（Corolus Linneus, 1707-78）のメナス・ディオーネ（*Menus Dione*）の最初に発見された標本の一つに一〇〇〇ポンドもだした。しかし、最も高尚で称賛に値するものを、ばかげたそして悪質でさえある行き過ぎた追求にまで推し進めてしまう人は、どんな時代にもいるものである。

まっすぐで十分に調整された精神にとって、認識範囲内に入ってくる創造主の御業で、思慮深くかつ喜びを与え得る探究のための素材を提供しないものは何もない。とすると、貝類学の名誉にとって今なおときとして存続する古びた誤りを認めることはやめて、このように自然史の一分野でより直接的な重要性を持つ分野は少なく、さらにより付加的な重要性を持つ分野はほとんどない、ということを受け入れるのを躊躇するべきではない。

殻を持つ動物は、おびただしい未開国家海岸地帯では住人の主たる食糧となっている。西アフリカの、チリの、オーストラリア大陸（New Holland）の、そして南海の群在する人口の多い島々の沿岸では、多くの甲殻類が人の富と幸福にとって一見重要ではないとみなされることがなんと多いことか！　より文明化された国々では、それは往々にして食卓に優美な贅沢さを供給する。私たちは、ハボウキガイ属（pinna）のその足糸（web）の貢献を忘れてはならないし、テッボラ属（purpura）のその艶やかでかつて貴重であった染料としての貢献も忘れてはならず、また真珠貝のキラキラ輝く真珠母とそれが育む宝石のこと、そしてそれが後押しする贅沢の公僕として活動する産業界のことを話さないわけにはいかない。

前もって自然に組み合わされている小片で構成される貝殻は、花や動物のように、その内部に分解の種を持っていない。飾り棚用の標本準備と調製は一回限りの作業であるが、貝類学のコレクションはそれでもおそらく幾世代にもわたって残存するだろう。これらの重要な状況が、貝殻でひときわ目につくあまねく認知されている形と色の両方の美しさおよび多様性と関連づけて正当に考察されたとき、これらの崇高な「貝殻を持つ動物の殻」（exaviar）は、そういうものとしかみなされていなくても、博物学者の注意と崇拝をまさに独占的ともいえる程度に引きつけたにちがいないということは、驚嘆する事でも遺憾に思う事でもない。また一方で貝類学という学問は、合理的に方向づけられたとき、そしてこれらの「貝殻を持つ動物の殻」をそれらの自然的な視点で動物創造のあまたの非常に重要な分野の見事に構築された「棲息地」として考えたときに、探究者の精神を、これまでの不完全に辿られた道のりを通って、全能の存在の恩恵と設計について、多くの新規な考えに導くだろう。

しかし地質学的視点からすると、貝類学が最も高い関心を学者に提供することには疑いの余地がなく、この点でそれが指し示してきたかなりの部分の深淵で万能な知識を参照することによって、真実を追う探索者は、それに課せられた無意味または軽薄というすべての批判の誤りを反駁して勝利するのである。

「結局、軟体動物の」と、デ・ブランヴィル［Henri Marie Ducrotay de Blainville, 1777-1850. フランスの動物学者、解析学者。関連の著書に *Manual of malacology and conchology* (1825-27) 等がある］は言う。「鉱物界との関係、ひいては彼らが形成に寄与する地球の質量との関係は、興味深いものである。というのもここでは生理学的な問い——殻を背負う（Conchyliferous）軟体動物は彼らの殻を作り出すカルシウム物質を無機物界から拝借しているのか、はたまた彼らは自身で殻を形成するのか——を解くことを模索することはしないが、それでもなお彼らが、この材料をある場所に他の場所より多く蓄積させることによって地球の表面に少なくとも変化を作り出しているということ、そして、その結果、彼らは天球の表層構造の相貌を改変しているということは確かであり、その研究が地球構造学を構成しているのだから」と。

「これにより」とパーキンソン*2［James Parkinson, 1755-1824, 英外科医、地質学者、古生物学者］は言う。「私たちは、数えきれないほどの生きものが生息していて、そのうち同じ種類のものはもはや存在していないということ――つまり、これらの動物の腐敗物で構成されている何マイルにもわたって地中に延びる途方もない地層が天球の多くの部分で合流するということ――を教えられ、地球の表面に載っているように見える巨大な山脈は、前の時代のこれらの遺骸が埋葬されている広大な遺跡であるということ――つまり粗野でごちゃごちゃした塊の中に一緒くたに押し潰されて横たわっていはいても、それらは変化をひっきりなしに被っており、それにより何千年かを経て、それらは宝石の主要構成部分となり、農夫のつつましい小家屋を形成する石灰岩となり、あるいは王子の華麗な宮殿を装飾する大理石になるということ――を教えられる」[*3]と。化石、森、珊瑚、そして貝殻こそ、実際にバーグマン[*4]〔Carl Bergman, 1814-1865, 独解剖学者、生理学者、生物学者〕がかなり力強く述べているように、唯一真の残存する「創造の勲章」なのである。

【訳註】

＊1　この序文のついている本、*The Conchologist First Book* 全体は、以下のサイトで読める。原書はスミソニアン博物館に所蔵されていて、またその復刻版（図版参照）（Scholar's Book）も amazon 等で入手できる。https://www.biodiversitylibrary.org/item/54559#page/4/mode/1up

ポーの本書とのかかわりについては多くの研究があるが、最も早い指摘としてはA・H・クィン『エドガー・アラン・ポー』（Arthur Hobson Quinn, *Edgar Allan Poe: A Critical Biography*. New York: Cooper Square, 1941altimore: The Johns Hopkins UP, 1998.）がある。それによると、これは、トマス・ワイアットによって教科書として書き換えられた、イギリスのナチュラリスト、トマス・ブラウン（Thomas Brown）による一八三七年スコットランドのグラスゴーで出版された『貝類学手引書』（*Conchologisr's Textbook*）を大幅に引用し書かれたものであった。フィラデルフィアで高名になっていたポーに編集を依頼することで『貝類学手引書』を、売れるようにするため、ポーの名で印刷し、序文もポーが書き、名義料として五〇ドル受領した(Quinn 275-7)。ここに訳出した序文のヒントはワイアットに基づき、ポーが仕上げたものである。後代の伝記作家、ケネス・シルヴァーマン（Kenneth Silverman）らもこうした経緯を書いている。また自然史家のS・J・グールド（Stephen J. Gould）によると、ポーの貢献はまえがきや序文のみならずフランスの動物学者、キュヴィエによる動物の説明を英訳した点にもあると評価している。なおこの本はよく売れ第二版が出たが、そこには初版（一一四頁の図版参照）のポーの名前はない。

＊2　パーキンソンはいわゆるパーキンソン病の発見者で化石学にも詳しく、政治的なアクティヴィストでもあった。著書に *An Essay on the Shaking Palsy* (1817) 他がある。

＊3　James Parkinson, *Organic Remains of a Former World: An Examination of the Mineralized Remains of the Vegetables and Animals of the Antediluvian World; Generally Termed Extraneous Fossiis*, Volume 2, (London, 1811), p.8.

＊4　カール・バーグマンはエコジオロジカルな“Bergman Rule”で知られ、著書に、『動物界の解剖生理学的概要。比較解剖学と生理学』（一八五五）他がある。

Ⅵ 「スフィンクス――謎の雀蛾」
(“THE SPHINX”)

(初出誌)

Arthur's Ladies' Magazine January (5:15-16), 1846

Text: *The Collected Works of Edgar Allan Poe* — Vol. III:

Tales and Sketches,

edited by Thomas Olive Mabbott (Belknap, 1978), pp. 1245-51

（上）ギザの大スフィンクス
出典：https://ja.wikipedia.org/wiki/%E3%82%B9
%E3%83%95%E3%82%A3%E3%83%B3%E3%
82%AF%E3%82%B9
メソポタミアやギリシャのスフィンクスは
怪物として扱われていた。
（下）スフィンクスとアメリカのスズメガ
Sphingidae　https://www.sphingidae.us/ より

ニューヨークでコレラ禍が猖獗を極めている間に、(1) 私はある親戚の招待で、ハドソン川岸辺の美しいコテージに引きこもり、彼と一緒に二週間過ごしたことがあった。周りには夏の娯楽の手段がふんだんにあった。森の散策、スケッチ、舟遊び、釣り、水浴び、音楽、本等、楽しい時間を過ごせたはずであったが、人口過多の街から毎朝私たちに届いた恐ろしい知らせで、知人の死を知らされない日はなかった。その後死者が増えるにつれて、私たちは毎日友人が一人また一人と亡くなっていく知らせを待つようにすらなっていったのだ。とうとう私たちは使いのものが近づくたびにおびえ震えるようになっていった。南からの空気そのものが、私たちを死に追い立てているように思えた。(2) 実際そのすべてを麻痺させる思いが私の魂を完全に占領してしまい、私は話すことも考えることも夢見ることもできなくなってしまっていた。私の友人は冷静そのものの気質であり、精神的にはかなり落ち込んでいたが、私自身の気持ちを引き立てようと力を尽くしてくれた。彼の豊かな哲学的知性は、恐怖の実体に対しては十分に敏感だったものの、非現実に影響されることはなく、その影におびえたりすることはまったくなかった。

私が陥った異常な陰鬱の状態から私を救い出そうとする彼の努力は、私が彼の図書室で見つけたある本によって、たいていは無駄に終わったのだった。これらの本は、私の胸に潜んでいた遺伝的迷信の種が何であれ、その発芽を強制するといった類のものであった。私は一人こっそり読んでいたので、彼は私の空想に本から得た強い印象について理解できずしばしば途方に暮れていた。

私のお気に入りの話題は、前兆にかかわる民間信仰で、これは人生のこの時期に私が真剣に弁護する気になった信仰であった。このテーマについて、私たちは長く活発な議論を交わしたが、彼の方は、そのような信仰には完全に根拠がないことを主張し、私の方は、明白な示唆の痕跡なしに絶対的な自発性から生じる世俗的感情には――それ自体にまぎれなき真実の要素があり――大いに敬意を受ける資格があることを言い張ったのである。(3) 実際のところ私がコテージに到着した直後に、まったく説明できない事件が自分自身に起こり、その事件には前兆めいた性格があり、それも不吉な前兆とみなしても差し支えないものでもあった。それは私を怖れさせ、同時に困惑と当惑を与え、友人に状況を打ち明ける決心をするまでに何日もかかってしまった。

非常に暑い日の終わり近くに、私は開いた窓のそばに座って手に本を置き、川岸の長い土手並木を通して、遠くの丘の景色を見渡した。手前の山肌はいわゆる地すべりによって樹木の主要な部分がはぎとられ剥き出しになっていた。私の思いは、目前の本から離れ、隣の都市の暗闇と荒廃へとさまよっていた。私の目はページから離れ、丘の剥き出しの山肌と、ある物体の上に留まった。恐ろしい形をしたある怪物が、山頂から山裾へと急速に進み、最後は下の鬱蒼とした森に姿を消したのだ。この生きものが最初に見えたとき、私は自分の正気、または少なくとも自分の視力の正気を疑った。そして自分が狂っているのでも夢を見ているのでもないと自身を説得するのに数分かかった。けれども私がその怪物について説明すると（はっきりと見て、それが進んでいる間中ずっと冷静に観察していたのだ）、読者は私以上に信じがたいと思うであろう。

　近くにある大きな木の直径と比較して生きもののサイズを推定すると――激しい地滑りから逃れた何本かの大樹があった――現存するいかなる定期航路船にも優ると推定された。定期航路船を引き合いに出すのは、怪物の形状から思いついたのである。

　七四門砲⑷の我が国古戦艦の姿は、この怪物の外形について何がしかを伝えるかもしれない。太さは通常の象の胴体ぐらいで、長さは六、七〇フィートほどある鼻のさきに、口があるのだ。そして鼻の付け根の近くには、水牛二〇頭分の毛を集めたよりも多い、大量の黒い毛が密生している。この毛の下側には、一本の光り輝く牙が垂直に突き出ているのだが、それらは猪の矛を無限に大きくしたようなものである。鼻と平行に、左右から、長さ三、四〇フィートの棒状のものが前に出ている。これは純粋水晶で出来ているらしく、形は完全なプリズムを成し、落日の光をこの上なく豪華に反射していた。胸体は、大地に尖端を突きつけた杭のような形をしている。そしてそこから一対の翼が生え一つの翼が長さ一〇〇ヤードで、一組は上下に配置され、すべて金属製の鱗で厚く覆われていた。一つ一つの鱗は、直径が一〇フィートまたは二一フィートで、上段、下段の翼が強靶な鎖で繋がっていることを私は確認した。しかしこの恐ろしい怪物の主たる特徴は胸部を覆っている髑髏の模様にこそあった。それは黒い体の上に、まるで画家が入念に描きあげたかのように正確に、ぎらぎらした白で描かれていたのだ。

私はこの恐ろしい生きもの、特に胸の部分、災いの予兆を畏怖の念をもって見つめたが、その怖れはいかなる努力によっても鎮めることが不可能であることがわかった。とそのとき、巨大な顎を鼻の尖端で突然拡げ、そこから大きな悲しみの音が聞こえ、それは弔鐘のように私の神経を打ち、丘のふもとに怪物が消えるとともに、私は床に倒れ気を失ってしまった。

意識が回復したときの私の最初の衝動はもちろん、私が見たり聞いたりしたことを彼に知らせることだった。しかし結局、何かが私にそうさせなかったのだが、それがなぜだかうまく説明はできない。

ついにある夜、事件から三、四日後、私たちはあの怪異を見た部屋に一緒に座っていた。私は同じ窓の同じ席に座って、彼は手前のソファでくつろいでいた。こうした場所と時間の連想からか、私はついに彼にあの現象を語るはめになってしまった。彼は最後まで私の話に耳を傾けてくれたが、最初は腹を抱えて笑い、そして、私の狂気は疑いのないものであるかのように、まじめな態度にかわった。この瞬間、私は再びかのモンスターをはっきりと見たのだ――絶対的な恐怖を惹き起こすあの叫びとともに、私は今彼に、モンスターへと注意を向けた。彼は熱心に見た。それは丘の剥き出しの山肌を下っていったので、私は生きもののその動きを細かく描写したのだが、しかし彼は何も見なかったと主張したのだ。

私はそのとき、計り知れないほどの不安に襲われた。というのもこの幻視は私の死の予兆か、もっと悪いことに、ある狂躁症状の先駆とみなしたためである。私は激しく椅子に座りこむと、しばらくの間顔を手に埋めた。目を開けると、その幻影は見えなくなっていた。

しかし主人はある程度落ち着きを取り戻し、その幻想の生きものの形や色に関して私に執拗に問いただした。私がこの生きものについて彼に十分説明したとき、彼は耐えられない重荷から解放されたかのように深くため息をつき、そしてこれまでの議論を形成していた思弁哲学の様々な点について、残酷とも思えるほどの冷静さをもって話し続けた。「これこそは、先ほどまでぼくたちが論じていたことなのだ。」そして今、私ははっきり彼の言葉を思い出す。「すべての人間の調査におけるエラーの主な原因は、単なる誤測定によって対象の重要性を過小評価したり過大評価したりする点にある」「例えば、適切に推定するために、民主主義の徹底的な拡散によって人類全体に行使される影響、そのような拡散が達成される可能性のある時代の距離は、まず大切な一要素でなくてはならない[5]。それでも、この主題のこの特定の分野を議論に値するものだと思ったことのある、政治的思想家が一人でもいただろうか」と。

彼はここでちょっと話をやめ、書棚に歩み寄って、博物学の概論書を一冊もって来た。その本の細かな活字がよく読めるように席を代ってくれと言い、私が占めていた窓辺の椅子に腰をおろした。そして本を開きながら、前とまったく同じ口調で話をつづけた。

「君が怪物をことこまかに描写してくれなかったら、その正体を示すことはできなかっただろう。まず、昆虫綱、鱗翅《レピドゾテッ》目、薄暮《レゾスクツリア》族、スフィンクス種[*1]についての、学生むけの説明を読みあげよう。こういう説明なんだ。」

「メタリックな外観の小さな色の鱗で覆われた四つの膜の翼。口は、顎の伸長によって生成されたロール状のテングを形成し、その側面には下顎の原始的な部分と綿毛のような蝕発が見られる。下の翼は硬い髪によって上に保持されている。細長い棒状の形の触角は、プリズム状である。腹部には突起がある。髑髏スフィンクスは、それが発する憂鬱な叫びのような声と、その胴鎧に身に着けている死のしるしとによって、ときには人々に多くの恐怖を引き起こした。[6]」

彼はここで本を閉じ、椅子から身を乗り出し、「モンスター」を見た瞬間に私が占めていたと同じ位置に座った。

「ああ、ここだ!」彼は叫び声を上げた。「それは丘の山肌を再び降りてくる、非常に注目に値する生きものだと私も認める。それでも、想像したほど大きくも遠くもないんだよ。なぜなら、それがのたくって登っているのは、一匹のクモが窓枠に沿って伸ばした糸の上だ。せいぜい約一六分の一インチの大きさで、私の瞳孔から約一六分の一インチしか離れていないんだよ」

【マボット原註】

（1）ポーが執筆していたころのニューヨークでのコレラの流行で最も近年のものは、一八三二年であった。

（2）ポーの「セレナーデ」一四―一五行目「そして大地と星と海と空は／眠りをしのばせる」と比較されたい。

（3）この一節と、「マリー・ロジェの謎」でのデュパンの言明におけるその変異形「さて、一般大衆の意見というものはある種の条件の下では軽視できない。そのものが発生するとき――厳密に自然発生的な仕方でそのものが現れるとき――我々はそれを天才個人の特異性であるあの直観と同じようにそれを観察するべきなのだ」とを比較されたい。

（4）七四門艦とは七四門の砲を積んだ戦艦である。

（5）十分にあり得ることだがこれが著者の気持ちなら、それは五年前の『モノスとユーナの対話』での妥協のない発言「あぁ！　私たちは、自分たちのすべての厄日のなかでも最悪の日に遭遇した。（中略）他にも奇妙な理念はあるがなかでも普遍的平等の理念は確実な地歩を固めており、類似性と神をはばからず――地と天の万物にあまりにもありありと浸透してゆく漸次的変化の法則の大きな警告の声にもかかわらず――全体的な広がりを見せる民主主義への乱暴な試みが行われた。」をかなり緩めたものを表している。また、「ミイラとの論争」（“Some Words with a Mummy”）に見られる「自由参政権」の風刺のようなものもここにはない。物語における著者の目的は民主主義の危険性を批評することだったと唱えたA・H・クインの見方とは対照的な見方を私はする。ここの発言は、民主主義の実験をあまりにも慌ただしく「その近接性の誤測定」を通して判定するべきでないとの、やや控えめで哲学的な説論である。

（6）ポーは、トマス・ワイアットの『自然史概説』（*Synopsis of Natural History*）（一八八一一八九頁）の昆虫の論考を多少とも要約しているが、ほぼ一字一句引用している。いかにそれを引用する。

"ORDER VII. LEPIDOPTERA. Four membranous wings covered with little coloured scales; mouth forming a rolled proboscis, produced by an elongation of the jaws, upon the sides of which are found the rudiments of mandibles and downy palpi ... FAMILY II. CREPUSCULARIA. Wings .... the inferior one retained to the superior by a stiff hair; antennæ. in the form of an elongated club ... GENUS SPHINX. Antennæ prismatic and terminating in hairs; wings long and horizontal; abdomen pointed. The Death's-headed Sphinx has occasioned much terror in certain countries by the kind of cry which it utters, and the insignia of death upon its corselet."

【訳註】

＊1　この作品のタイトルのスフィンクスは掛詞であって、古代エジプトのピラミッド近くにある巨像と、髑髏スフィンクス種のスズメガの二重の意味で使っている。ポーの影響を強く受けたジュール・ヴェルヌは、『アーサー・ゴードン・ピムの冒険』の続編として、『氷のスフィンクス』（一八九七）を書いたが、その場合も、タイトルに氷岩山と謎の物体、強力な磁石等の多重性がある。

【論説Ⅰ】

ニューヨークとマガジニスト・ポーの生成

Gowan’s Antiquarian Bookstore、
Liberty and Nassau Streets
この通りにポー一家が一時下宿していた古書店があった

124 Fulton Streetcorner Nassau,
『ニューヨーク・サン』社屋
ポーの大西洋横断ホックス出版社

154 Nassau Street
『ニューヨーク・トリビューン』
社主：Horace Greeley,
（下）編集者：Rufus Wilmot Griswold
（ポーの死後の運命を決した編集者）

この三点は、ウェブサイト
『NewYork walking tour org』より。
https://poets.org/text/walking-tour-edgar-allan-poes-publishers-row-new-york-city

1. フィラデルフィアからニューヨークへ

ポー文学の本質をゴシックに見るにしろ詩にあるとするにしろ、アメリカ東部都市ボストン、ニューヨーク、フィラデルフィア、リッチモンドで無数に生まれた一九世紀中葉の雑誌の編集者、つまりマガジニストあるいはマガジニズムに核心があると考えるのは、多くの批評家が指摘するところである。(1) しかしニューヨークという土地がポーにとって持つ意義は日本では他の都市のそれに比べてこれまであまり強調されてこなかった。しかし、K・J・ヘイズ (Kevin J. Hays) の『ポーと印刷された言葉』は、ニューヨークこそポーの「文学的アメリカ」(*Literary America*) への道そのものであったとする。今も出版の世界的中心地のひとつであるニューヨークをよく知る現地では、当然だが地理的研究も非常に進んでいる。ヘイワード・アーリック (Heyward Ehrlich) の詳細なポーとニューヨーク論「ナッソー街を歩いて――一八四〇年代のポーの文学的ニューヨーク」(2) によると、ニューヨークがいかに文学者ポーの主要作品を書かせたかについて簡潔に以下のように始めている。

一八四〇年代の商業、輸送、出版の全国的な中心地としてのニューヨークは、実践的かつ美的な方法でポーに大きな影響を与えた。実践的には、彼は彼自身の雑誌を持ち、これまで書いてきた作品を発表し、これまでに本の形で雑誌に散在していた文章を統合することを可能にした。（中略）いくつかの物語を書くことに加えて、『ブロードウェイ・ジャーナル』の編集者および所有者になった。彼の作品の二つの主要なコレクションである『物語集』と『大鴉その他の詩』を出版し、著名な作家となり、「作詩の哲理」、「詩の原理」、「韻文の原理」を構築し、その上彼は宇宙論的散文詩、『ユリイカ』を創作した。（244）

ここでポーのニューヨークでの動静を確認するために、ポー一家の晩年の居住地となったニューヨークでのポーの足取りを簡単に整理しておきたい。トマスとジャクソンによる『ポー・ロッグ』に詳しいが、一家の足取りを追って一冊の英文学書にまとめたのが辻和彦の英文著書『マリア・クレム像の再構築』[3]である。それらによると、ポーは『アーサー・ゴードン・ピムの冒険』出版の手はずを整えるため『南部文芸通信』を辞してリッチモンドからニューヨークに一八三七年二月に転居すべく訪れる。このときはカーマイン街一一三番地にある古い木造の家に住んだ（シモンズ、八八、辻 32）。一八三七年三月三〇日には、ワシントン・アーヴィングら文士たちの集まる会に出席して、文士の仲間入りも企てたのである。夜会のあったニューヨーク・シティホテルは、ヘイズによると、アメリカ一の華やかさを誇った(四七—四八)。[4]「ニューヨークの文人たち」("Literati of New York City") に見られるポーの文壇批評の萌芽がここにあるといえるだろう。結局、経済不況のため『アーサー・ゴードン・ピムの冒険』出版の実現は一八三八年ハーパーズ社からになる。ハーパーズ社の提示した条件は厳しいもので、ニューヨークで生計を立てることはあきらめ、九月にはフィラデルフィアに移ることになる。

そこで役者でもあったバートンの始めた『バートンズ・ジェントルマンズ・マガジン』の編集陣に加わると、週給一〇ドルで書評や短編作品を書き、雑誌の編集等いわゆるマガジニストとして猛烈に働いた。マガジニストは OED によると、初出は一八二一年『ブラックウッド・マガジン』で「雑誌記事を書き編集もする職業である」。この頃にはポーもかなり知られた作家になっており、「アッシャー家の崩壊」や「ウィリアム・ウィルソン」等傑作も出し、『貝類学手引書——序文』は一八三九年の作品で、ポーの名でよく売れたとされている。のちに『グレイアムズ・マガジン』に移り、安定した収入を得て、ポーは七年間を伝統ある出版の都で過ごし、傑作の多くを書き『グロテスクとアラベスクの物語集』(一八三九)も出す。しかしヴァージニアの喀血や、金銭上のトラブル、ポーの自分の雑誌『ペン』そしてその後には『スタイラス』発刊の夢の追求、書評家としての酷評の癖等人間関係の失敗からフィラデルフィアでもうまくいかず、再度心機一転巻き返しを狙って一家はニューヨークに移動することになった。

2. ナッソー街のポー

ポー一家が本格的にニューヨークに住み始めるのは、一八四四年四月七日から死の年に到る。当時出版の中心地であったニューヨークこそフィラデルフィアとともにポー文学の二大拠点であったといえるだろう。ニューヨークに到着すると、すぐさまポーはグリニッジ・ストリート一三〇番に下宿屋を見つけたが、そこはこれからポーが活躍するナッソー街から徒歩ですぐの戦略的に好立地にあった。ここでありついた食事については、義母マリア・クレムに宛てた有名な手紙が知られている。「ここでは飢える心配がない」と彼が叫ぶほど絶品の食物の食卓という利点を享受できてどれほど幸運であるかについて喜びをもって書いた（CL 1: 438）。しかし、グリニッジ街の下宿屋の支払いをした後、ポーにはたった四ドル五〇セントしか残っていなかった。今後一家を襲う貧困の始まりでもあったともいえよう。貧困の原因は様々あるが、その一つが、雑誌社で編集者が置かれていた酷い労働条件にあったことは確かであろう。その状況を暴露したのが、本書に収録した「雑誌社という牢獄秘話」であり、編集者《マガジニスト》は作家兼書評家兼原稿に赤を入れる編者であって、週給は作家の名声に応じて支払われた。アーリックによると、ニューヨーカーで大御所のナサニエル・ウィリス（Nathaniel Willis）はポーの一〇倍であったという。ポーの動静を詳細に述べたジュリアン・シモンズや辻和彦によると、その後一家は数回引っ越しを続けたが、最終的にはヴァージニアの病にもよい郊外の一軒家を一八四六年フォーダムに見つけ、五月には移りポーと妻の「守護神」のようなマリア・クレムに守られて暮らした。しかしその生活は赤貧洗うがごときであり、周知のように翌年一月三〇日に、ヴァージニアは夫の外套のみで暖をとり、帰らぬ人となった。

ところで一八四〇年代当時、ナッソー街とその周辺には多くの出版社、ポーが作品を載せた『アメリカン・ホイッグ・レビュー』、『ブロードウェイ・ジャーナル』、『コロンビアン』、『デモクラティック・レビュー』、『イブニングミラー』、『ニューヨーク・サン』、『スノーデンズ・レディース・コンパニオン』、『ニッカーボッカー』等が犇《ひし》めいていた。アーリックによると「二二の定期刊行物と二六の新聞が掲載されていた」し、「一八四六年のニューヨークへのガイドには、三九の新聞と雑誌があった」(235)ともする。まさにナッソー街は全米の出版センター的役割を担っており、一八四〇年代、ニューヨーク市の文学センター、ナッソーストリートは、ブロードウェイに平行に隣接して、ウォールストリートからシティホールまで北上していた。ポーとニューヨークの関係を詳細に作品ごとに論じたフィリップス・フィリップによると、ニューヨークがポーの人生の中心にあったということを、「『南部文芸通信』を去ることになった後この国の出版のハブともいうべき中心地にやってきたポーは、編集者、批評家、作家としてキャリアを築く絶好の機会を得たのであった」（146）と書いている。

ポーがニューヨークを去らず晩年を過ごしたのも、ここで新しい文学が築けると考えたからであろう。ナッソー街をニューヨークの「頭脳」と名づけたG・G・フィスター（George G. Fister）は、「ブロードウェイがニューヨークの大動脈であり、街のすべての血と血が通わなければならない場合、ナッソー街とその周辺は、その頭脳で、印刷機の鼓動で脈動し、新聞記者の形をした無数の神経を、そのシステムの残りの部分に放出しているのである」（アーリック 234-35）と出版街としての繁栄について述べている。

そしてポーは、辛辣な書評家として名をなし、一八四五年には『ブロードウェイ・ジャーナル』の社主となり、編集全般にも携わる。ブロードウェイとナッソー街との密接な地理的関係についても、アーリックは以下のように詳述している。

一八四〇年代、ニューヨーク市の文学センター、ナッソーストリートは、ブロードウェイに平行に隣接して、ウォールストリートからシティホールまで北上していた。（中略）ウォールストリートの南端にあるナッソーストリートは、リバティストリートとシーダーストリートの間のゼネラルポストオフィス、そしてその北端にあるシティホールパーク、パークシアターによってでも取り囲まれていた。そして新しく建設されたニューヨークとハーレム鉄道の終点

Evening Miller 社屋。
B. R. Pollin ed., *The Broadway Journal*（April 11, 1845）p. 81.

に、位置していた。（236）

そしてこの間ポーは、辛辣に批評した相手でもあるウィリスの『イヴニング・ミラー』に「大鴉」を発表して一躍評判をとる。復讐譚の傑作「アモンティリァアドの樽」と「スフィンクス」他主要な作品を『ゴディズ・レイディズ・ブック』に掲載した。これらの仕事とともにニューヨークがポーを生成したといえるのは、注目すべき二つのノンフィクション、ニューヨーク物を仕上げたことである。それが本書に収録した手紙形式のニューヨーク論『ゴッサムの街と人々』と、収録はしていないが、『ニューヨークの文人たち』である。『ブロードウェイ・ジャーナル』に載せた「出版社という牢獄秘話」も、出版社との関係に配慮しつつ苦労したこの時代のポーをよく知ることのできる貴重なエッセイである。

3.〈ニューヨーク・レター〉というジャンル

『ゴッサムの街と人々』では、ポーはあくまでニューヨーカーではなく、旅人の視点を貫いており、なんといってもその文体的特質は、他に例を見ないいきのいい新鮮な語り口にある。スコット・ピープルズ（Scott Peaples）によると、当時ニューヨークをテーマとするこのような紀行ものを手紙形式で故郷に書き送るジャンルとして〈ニューヨーク・レター〉は流行していた(4)。ウィリス、フィスター、リリア・M・チャイルド（Lydia Marie Child）らは新首都の成長について、それが合衆国の多様性のモデルともなる点を重視してそれぞれ故郷に書き送った。しかしポーが強く意識したウィリスは、ニューヨーク人のために書いたが、ポーはアウトサイダーとしてフィラデルフィアに向かって書き、旅人目線がゴシップを語る際の面白さを引き出すことに着目したのはポーの慧眼であった。それにくわえてこの作品は、何かにつけてニューヨークの新興都市ぶりを、古い都であり落ち着いた景観のフィラデルフィア人に面白おかしく書き送って、ポーのいう「ゴシップ」感を掻き立て、いわゆるニューヨーク・ジャーナリズムというジャンルを生み出していった。ゴシップとはポーによると、「噂話、その帝国は無限、その影響は宇宙的、その心酔者は大群――噂話、それは社会の真の安全弁――人類の目覚めている存在全体の少なくとも八分の七を夢中にさせる」（本書 三一）ものなのである。つまり今日の週刊誌の役割をポーは狙ったのである。

週刊誌ネタはポーの他の作品群、ゴシックにしろ、アラベスクにしろ、あるいはミステリーものとはかなり異質な要素であり、街の他愛のない出来事、観光名所、文壇事情にかかわる興味本位の裏話を、エディターの側から暴露的に話す、速報ニュース、つまりゴシップと呼べる新ジャンルであり、第一の手紙の最初は典型的に次のように始まる。

> 読者諸氏、あなた方の提案に従い毎週一回書簡の形でゴッサムのよもやま話をお届けし、読者諸氏にかの地の或る部分に精通《アウ・フェイ》（au fait）していただくことは、私にとって大きな喜びです。とここでまずはじめに、「或る部分」を「不確定な」と読み解いていただければ、読者諸氏はより容易に私の構想へとたどり着けるでしょう。というのも実際のところ、私は主に噂話「ゴシップ」を扱うつもりなのです（三一）

外国語の決まり文句、精通《アウ・フェイ》（au fait）機知に富む洒落《ジュ・デスプリ》（jeu d'esprit）、また決まり文句にもなるおしまいのセリフ「ではこの辺で《ワレ・エトゥ・ワレーテ》（vale et valete）今日は筆をおきます」等を適宜挿入することで、高尚な向きの趣味にも応えて、書簡体のニュースへの期待感や連続性の感覚も生み出していった。「第2の手紙」では自身の気球ものの作品「軽気球夢譚」（"The Baloon Foax"）の宣伝を書き、いかにそれがセンセーションを巻き起こしたか、まずは予告「出版号外」を打ち、次にベストセラーになっていく現在では当たり前の仕掛けをも創り出している。

　これについては訳註に書いたとおりであるが、ポーが狙ったニューヨーク・ジャーナリズムに関して付言するなら、ポーは「大西洋を気球で横断！」が虚構であるとわかっているからこそ読まれる一種の価値の転換、“hoax paradigm”を生み出したのである。その意味では、ポーの気球ものは、鷲津浩子が詳しく論じたように、第一作世界初の空のSFともいうべき「ハンス・プファールの無類の冒険」（一八三五）に始まるが、この第二作はポーの気球ものの狙いの多様性が窺える。さらに「メロンタ・タウタ」では「民主主義」による「アメリカ」の滅びが予言された[5]。

「第三の手紙」は街の活気や、海岸の風景描写、雑誌社等文芸ニュースで、『ニッカーボッカー』『コロンビアン』『ハーパーズ』『レディース・コンパニオン』等の編集者の動静が伝えられる。第四の手紙ではビーコンコース（Beacon Course）での徒競走の話題からブロードウェイのワーレン（Warren）の角のティファニー（Tiffany）、ヤング（Young）、エリス（Ellis）の輸入業者による店の話、望遠鏡の空間透視能は約一八〇〇倍まで拡大され、その結果、ロックの「気球の話」“Moon Hoax”の荒唐無稽さに対する批判記事が箇条書きで挙げられている。第五の手紙はブルックリン論で、その趣味の悪さが面白おかしく描かれている。第六の手紙では話題になっている事件「ポリー・ボデン」の公判についての予測が書かれ、メアリー・ロジャース事件への言及もある。第七の手紙では『コロンビアン』最新号の紹介とウィリスの詩の引用紹介等であるが、ダゲレオタイプや絵の紹介は、ポー作品との関連も深い。つまり、七つの手紙に共通しているのは文芸ニュースアラカルトであり、望遠鏡から裁判までポーの理想とした“Republic of Letters”「文芸の共和国」のスピード感と多様性が実現している形である。『ゴッサムの街と人々』はまさに「ニューヨークの文人たち」と対をなすポーの「リテラリー・アメリカ」そのものであった。

4. 評価と研究

この作品の研究としては、訳出したマボットの序が最初期のものである。伊藤は「ポーとニューヨーク」（二一七―二二八）において本作の独自性を引用紹介している。これをポーの成功として高く評価するのがジュリアン・シモンズの伝記的研究『告げ口心臓』(6)である。「その気取りのない日常的なジャーナリズムの文章は、ポーのこの種の文章としては最良のものである。ここでポーは、気負わず、構えず、グリズウォルドのような敵には一矢報いてはいるが、全般的には皮肉を交えた軽妙な口調でニューヨークの点描描写をこころみている」（二二二）としてその観察の鋭さを称賛している。

またすでに引用した『ポーと場所』第七章のジョン・グルッサー（John Gruesser）「外から中を見る――ポーとニューヨーク」（“Outside Looking In: Edgar Allan Poe and New York City”）は、この作品をポーの後期文学における批評の役割を理解するうえで大変興味深いものとしている。[7] とりわけポーは「自分をニューヨークの部外者として表現し、フィラデルフィアとその周辺地域に精通している人物としてふるまう。これは、大都市を説明する際よく使う手法であり、ニューヨーク内にいて、特定の（内部の）情報を部外者の聴衆に提供しているにもかかわらず、自らはニューヨークの部外者として書いている」(147-48)と、ポーが二重の視点をうまく使い分けているとする。

　ポーは情報を「ゴシップ」と呼び、読者とゴシップの共有をすることの楽しみをこの作品で提案しているが、これはナッソー街が生み出した新しい文学ジャンルであり新聞記事から組み立てるディテクティヴ・ストーリーの原理とも重なるだろう。随所にポーのフィクションの原理「作り話の成功は、大抵は、その正しさ、ひいてはその綻びを検知することの困難さに帰するのです。だが、むしろそれはこの作り話がその分野の一番乗り、もしくはほぼ一番乗りであることに帰すると私たちは考えています」（本書 六一）と吐露している。いわゆるスクープへの情熱である。その文体の特質は、観察の鋭敏さとあくことなき批判精神、対象から距離を置く表現のユーモアと洒脱さにもある。

【註】

（1）ポーとニューヨークの関係を重視する研究書には、主要なものとして以下がある。*Poe and Place* edited by Phillips Philip Edward, (Palgrave Macmillan, 2018); *The Oxford Handbook of Edgar Allan Poe*, edited by J. Gerald Kennedy and Scott Peeples (Oxford, 2019); *Poe and the Remapping of Antebellum Print Culture*, edited by Jerome McGann, J. Gerald Kennedy, et al (Media & Public Affairs, 2012)、野口啓子、山口ヨシ子編『ポーと雑誌文学――マガジニストのアメリカ』（彩流社、二〇〇一）。伊藤詔子『アルンハイムへの道――エドガー・アラン・ポーの文学』（桐原書店、一九八六）等。

（2）Ehrlich, Heyward. "A Walk Up Nassau Street: Poe's Literary New York in the 1840s." *The Edgar Allan Poe Review* Vol. 19, No. 2 (Autumn 2018), pp. 233-49

（3）Dwight, R. Thomas and David K. Jackson. *The Poe Log* (G. K. Hall, 1987); Tsuji, Kazuhiko. *Rebuilding Maria Clemm: A Life of "Mother" of Edgar Allan Poe*. Manhattanville Press, 2018.

（4）Peeples, Scott. "To Reproduce a City": New York Letters and the Urban American Renaissance." *Poe and the Remapping of Antebellum Print Culture*. Edited by J. Gerald Kennedy and Jerome McGann. Baton Rouge: Louisiana State UP, 2012.

（5）鷲津浩子『時の娘たち』（南雲堂、二〇〇五）第三章「移動する基軸」の2「空の座標　エドガー・アラン・ポウと気球」（一三四―六一）は、気球の歴史を詳細に議論している。

（6）Symons, Jurian. *The Tell Tale Heart: The Life and Works of Edgar Allan Poe*. London: Curtice Brown, 1978. 引

用は八木敏雄訳『告げ口心臓』東京創元社、一九八一。

（7）Gruesser, John. "Outside Looking In: Edgar Allan Poe and New York City." Edited by Philip Edward Phillips, *Poe and Place*. (Palgrave Macmillan, 2018), pp.144-66.

【論説Ⅱ】超傑作「黒猫」の秘密

E.L. Blumenschein, The Black Cat
のイラスト (1908)
Poe Illustrated, ed, J. A. Menges
(New York, 2007) p.10

1．ノンヒューマン・ストーリーとしての「黒猫」

エッセイ「直感対理性」は、名作「黒猫」とどのような関係にあるのだろうか。「黒猫」は多面性に優れたポーの代表的ゴシック小説であるのみならず、世界のゴシック小説の基盤となる多くのモチーフを内包した作品であり、これまで実に多様な解釈が積み重ねられてきた。それらのモチーフには、黒の持つ時代を超える恐怖、アメリカ文化の中では避けがたい人種表象の衝撃、単純な家庭劇から凄惨な妻殺しへの展開にあるジェンダーの問題、夫婦とペットの三角関係、絞首刑の前の殺人犯の情状酌量を狙った独白というたくらみ、特に狂気を装う語り、火事のテーマ、黒人のリンチにも重ねられる黒猫の絞殺、アルコール中毒患者の精神的崩壊の告白、節酒協会のプロパガンダ性等々が考えられてきた。実に多様な切り口からこの作品の重層的な魅力が解明されてきたが、作品最後のシーンは、その忘れがたい典型的にゴシック的なタブローとともに、不滅のインパクトとリアルが迫ってくる。何度読んでもその怖さは新鮮に胸を打つから不思議だ。

しかしこのエッセイは、一見そうした怖さや情緒とは無縁にも思われる冷静な生きものの分析的叙述にみえる。しかしよく読むと、怖さの淵源にあるポーの生きものに対する深い洞察を語っているることが窺える。とりわけ猫の直感と直覚が人間の理性を超えているのではないか、それも直覚が神意と結合していて、それが理性の地上的機能より優れたものであるとの真実について語っているのである。しかも猫に対するポーの思想は、単に猫のみならず、生きもの全般、それも第一節に挙げられているアリジゴク、クモ、ビーバー、サンゴ虫等は、いずれも人間には計り知れない驚くべき複雑かつ賢明な習性を先天的に身につけ、サンゴ虫は海の「熟練したエンジニア」ともいえるとする。ポーはそこに、神意が直接備わっていることに注意を向けている。さらにミツバチの巣の細胞の見事な形状や生成法等も、いかなる天才をもってしても不可能な巧妙さに満ちていて、これらを成し遂げる生きものたちの直覚は、人間の理性をはるかに超えていることを暗示している。つまりこのエッセイは、理性の直覚に対する敗北を含意している。

生きものには、人間にはないある種の野生的直観能力が備わっていることは生物学者の間ではよく知られている。川にダムを作ったりする人間のような能力、それは過酷な環境を生き延び種の絶滅を避けるための知恵であり、先天的に遺伝子の中に組み込まれて備わり、かつ生き残ってきた種の場合は代々遺伝子が磨かれ進化さえしてきたものであり、見事な珊瑚礁等はその例であるとポーは指摘するのである。ここで作者が着目しているのは、そこに神意が直接注入されているように見えること、またその能力には人間を超える予見力も備わっていることである。つまり人間の理性や知力を超えた、個体を超えて種に世代を超えて受け継がれている直覚力の神性に、ポーは注目しているのである。語り手の側からのストーリー展開からは隠されている「黒猫」の真のストーリーは、この点にもあるといえるだろう。

2. 鍵のドアを開ける猫

さてポーの名作には生きものがしばしば登場し、しかも主人公として、あるいは人間の主人公とともに出現して物語展開の主導力を発揮していることは拙著『ディズマル・スワンプのアメリカン・ルネサンス』第Ⅱ部「ゴシックネイチャー、キメラ、第二の自然」で詳しく述べた。ポーの生きものや自然はいわゆる自然ではなく、ゴシックの霊気を帯び物語の中で躍動、ないしは暗躍しているのであり、ポーはこれらの名作で生きものの直覚的能力を物語化したといえるだろう。ルース・ヘホルト（Ruth Heholt）、メリッサ・エドムンドソン（Melissa Edmundson）編『ゴシックの動物たち――不気味な他者性と外なる動物』は、人間と生きものの新しい出会いや交感や暴力関係を論じ、ポーの「メッツエンガーシュタイン」を、主人公とデモニックな馬との境界線の揺らぎと消去が、相互の不気味なダブルを引き出すと分析する（223-40）。

まず、ポーにとってヒューマンとノンヒューマンの明確な差異は曖昧模糊としていることが、エッセイの最初に宣言されている。人間が生きものより優れていて生きものを支配しているとするヒューマニズムの思想から、ポーはつとに脱却していた。人間中心の世界観は一九世紀中続いたといってよいが、一九世紀初頭から生き一八四九年には没したにもかかわらず、ポーには、むしろ生きものは人間的時間と空間の二次元的世界では測り知れない三次元、あるいは異次元から人間界にやってきて、いわゆる超能力を発揮することが世界観に組み込まれていたといえる。ポーの代表的詩は「大鴉」、代表的小説が「黒猫」、代表的探偵小説がオランウータンの出現する「モルグ街の殺人事件」であるという、誰もが知っているポー文学の中の生きもののありようは、すべてこの世界観から繰り出されている。この短いエッセイにはそれが正面から書かれていて、「黒猫」にもこのエッセイの含意は読み込める。従って「黒猫」の中で、語り手が、「しかもたかだか動物が、その同類を心から蔑み殺してしまった動物が、神の姿を型どって創られた人間である私に、かくも耐えがたい苦しみを与えるとは！」（MⅢ:856）という箇所は、作者ポーの世界観とはまったく違う古いヒューマニズムの中にいる物語の主人公、語り手の「夫」の世界観であり、完全にエッセイの作者ポーによっては、批判的に描かれていることになる。

次にエッセイの後半を見てみよう。前半ではことに不思議な能力で知られるアリジゴク、クモ、ビーバー、サンゴ虫が出てきたが、後半ではまさにストーリーに出てくる黒猫に焦点が当たっている。鍵のかかったドアを開ける能力の詳細な観察と描写において、これが決して超能力ではなく、黒猫の側の知恵に満ちた運動能力を動員した作業であることが明かされている。その際気になるのは、「黒猫」本文にはこのドアを開ける仕草は直接は描かれていないことだ。「黒猫」本文中プルートーの動きについては、絶えず語り手について回り、行く手をさえぎったり、邪魔だてすることが主要なものである。しかしここで問題となっているのは、巧妙に猫がドアを開けて人間の領域である部屋に出入り自由となる能力である。それは「黒猫」本文中の、猫の作用が語り手の内面に入り込み、語り手の無意識の衝動を突き動かす、つまり内面への働きかけと照応しているように思われる。ドアで隔てられた空間は、人間の内面そのものを意味する。黒猫が入り込んだのは語り手の内面、心の中そのものだったのである。プルートーは、語り手の心に自由に住み着き、語り手を内側から支配するに至った。

3. プルートーのダゲレオ肖像画と怪物の現われ

ここでポーの作品内でドアと窓が持つ象徴的な記号性が想起される。「大鴉」の場合もドアをたたく音がして物語が始まった。やがて音は窓に移動し、鴉はそこからついに部屋の中に入り込む。窓からの外部のものの流入は、さらに危険な状況を生み出した。そこで何度も繰返される句は、“nevermore”とともに、“Chamber (door)”である。名詩「大鴉」でもプルートーと呼ばれる大鴉が入り込んだのは、まさに語り手の心の中であった。オランウータンも窓から部屋に闖入した。モルグ街の部屋は女性二人の身体そのものであった。窓は明かりが入る場所であって、開かれ何かが入ってくるべき場所ではない。その危機的瞬間こそストーリーの中で片目をえぐられたプルートーの死体が、窓から投げ入れられる瞬間である。窓からの侵入は元来違法であり、そこは異様なもの、霊的なものの通路といえる。こうした生きものの動きは人間を凌駕するとのエッセイの主張が読みとれる。作品「黒猫」でこの決定的瞬間は以下である。

> 火事の翌日、焼け跡に行ってみた。壁という壁は全部焼け落ちていたが、一か所だけ焼け残った所があった。それはあまり厚くない仕切り壁で、ちょうど私のベッドの頭の部分であった。ここでは漆喰［plastering］が、最近塗り直したばかりからか、火の猛威にたえたのだ。そこには人だかりがして大勢が壁の一部を子細に眺め、口々に「不思議だ」「奇妙だ」と叫び、好奇心に駆られ近づいてみると、そこには白い壁面に浅浮彫に［bas relief］にされたような巨大な猫の像が焼き付いていた。その刻印［impression］は驚くべき正確さで描出されていて、生きものの首には縄目がくっきりとついていた。この亡霊［apparition］を目にしたとき、そうとしか言えなかったのだが、怖れと驚きは極度に達した。（MIIII: 853）

この「巨大な」猫の像は、前夜語り手がプルートーに働いた凶行の一部始終を描出したものの正確な肖像画になっているのが見て取れる。使用されている［　　］内の言葉は、ポーがダゲレオの撮影プロセスについて解説する用語（本書一〇三―一一参照）でもある。続いて語り手は「誰かが、吊るされたプルートーの縄をはずして、開いていた窓から私の部屋に向かって、投げ入れた[shoot]」際、「漆喰と火と、猫の体からのアンモニアの作用で、この像が焼きあがった」（853）と結論するが、それは彼に「深い印象」［deep impression］を残したのである。物理的な刻印と心理的な刻印作用は同義であり、やがてこの刻印された像が現像されて再出することの予告でもある。ダゲレオの作用はまさに“photogeny”（太陽の光の描写）によって、「白い板」に像を刻印（impress）して焼き付け（develop）現像する。闇夜に火焔が強力な光となって被写体、プルートーを、白い板である漆喰にshootした。ポーは、ダゲレオの表象作用の卓越性を「より絶対的真実のみを開示し、再現された事物の姿の現実とのより完全なる同一性を示す」（一〇六）とした。この亡霊めいた像の完全な「同一性」とはいったい何であろうか。

スーザン・E・スィーニー（Susan Elizabeth Sweeney）は、「『黒猫』における死、衰退とダゲレオの影響」において、ポーのダゲレオタイプ論が、「告げ口心臓」と「黒猫」制作時期と重なっていて大きな影響をポーに与えたことを詳しく議論している。(2) それによると「この発明に対するポーの関心は、一八四〇年代初頭に彼が書いた小説に影響を与えた。一八四一年、ダゲレオタイプに関する彼の記事の翌年に出版された新しいジャンルである探偵小説の中の新しいコンセプトである「密室の謎」や、新しい形のナレーション（探偵の心に直接アクセスすることのない一人称の観察者の使用)、また新しい種類のホラーストーリーを生み出し、一八四三年に登場した「告げ口心臓」では、特定の画像を取得することに夢中になっている独占マニアが、老人の目に暗いランタンを当てようとする試みにおいて、ダゲレオタイプを撮るプロセスを反映している」(208)と鋭意多くの資料により分析している。さらに語り手の「アンモニア」の化学的作用の説明は、「ダゲレオタイプ論」で石灰について説明する作用と照応し、人々の焼け残った壁の像への驚きの反応は、ダゲレオの仕上がり写像を見たときの観客の反応を伝えるポーのダゲレオタイプ論と一致するともしている(3)。

前半のプルートーのダゲレオ像のシーンは、作品最後の妻の殺害死体と猫という「怪物」の出現シーンに現像され、折り返され、apparition は monster に変容していく。この二つの壁のシーンがいかにポー作品の用意周到な技巧と、抑圧された生きものと人間の関係性考察から生み出されたかについて、最後のシーンをみてみたい。

壁はごっそり崩れ落ちた。そこに現れたのは、ひどく腐爛し血糊のこびり着いた、直立した死体であった。なんとその頭の上に座っていたのは、真っ赤な裂けんばかりの口を開け、燃えるような片目を見開いた身の毛もよだつあの化け物だった。私をまんまと妻殺しへと誘い込み、今度は鳴き声で密告し私を絞首人の手に引き渡したその獣だったのだ。私はこの怪物

を墓穴に塗り込めてしまったのだ！（MIII: 859）

ここでは第二の猫の固有名詞（本文でもついていないのである意味プルートーの幽霊のような存在）や「猫」は使われておらず、“hideous beast, monster”と呼ばれる。一節前からこの作品は、壁（wall）と漆喰（plaster）が頻出し、墓穴（tomb）、レンガ細工（brickwork）等、フリーメーソンであったポーの愛語が並んでいて、死体を塗り込める隠蔽作業と、その失敗だけからなっているとしても過言ではない。火事現場、語り手の頭上のプルートー像の壁は、地下室の妻の腐乱死体の上に陣取る怪物の壁となって戻ってきたのだ。スィーニーは「黒猫」以外の作品にも幅広く言及しながら、この最後のシーンでは、すべての衰退（decay）と腐敗が起こっているとして、前半の火事現場のプルートー像が、後半の怪物現前の一種の予告となっているとともに、「瞬間の生命のビジョンを保存できるダゲレオタイプとは異なり、「黒猫」はその瞬間が過ぎた後に覚えておくべきこと、つまり死の原因と結果が必ず顕現するということを示している」としている。語り手への「深い刻印」は、語り手に残っていたわずかな更生の可能性の方向ではなく、死の刻印にすべて連なっていった。このようにダゲレオが生み出す表象の真実、つまり、そのアイデンティティの魔術的真実へのポーの認識と、人間の理性を超える生きものの直覚への認識が結合したとき、この傑作が生みだされていることがわかる。

【註】

（1）このエッセイを論じた論文 Moreland, Clark T. and Karime Rodriguez. “Never Bet the Devil Your Head”: Fuseli’s The Nightmare and Collapsing Masculinity in Poe’s “The Black Cat.” *The Edgar Allan Poe Review*, Vol. 16, No. 2 (Autumn 2015, pp. 204-220) は、「黒猫」にある masculinity への問題点を指摘し、男性的な理性ヒューマニズムへの過信を指摘した作品であるとしている。

（2）Sweeney, Susan Elizabeth. “Death, Decay, and the Daguerreotype’s Influence on “The Black Cat.” *The Edgar Allan Poe Review*, Vol. 19, No. 2 (Autumn 2018), pp.　206-232.

（3）ポーのダゲレオタイプへの興味の一因には、Miyazawa の以下の論文によると、死後の命の保存と継続の意味があったとする。Miyazawa, Naomi.“Poe, the Portrait, and the Daguerreotype: Poe’s Living Dead and the Visual Arts,” *Poe Studies* 50 (2017): 88–106.

【論説Ⅲ】　コロナ時代にニューヨーク作家ポーを読む

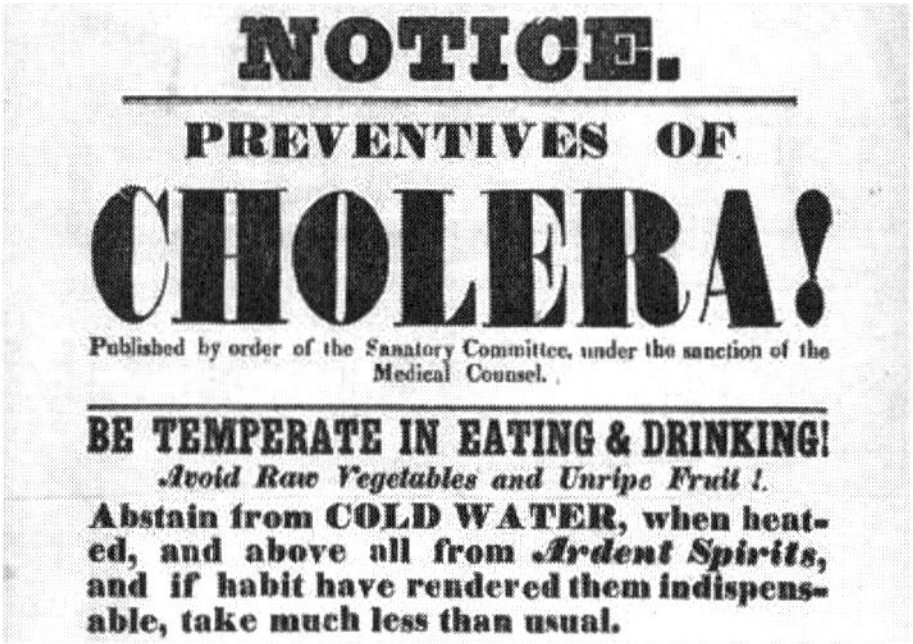

NOTICE.

PREVENTIVES OF

CHOLERA!

Published by order of the Sanatory Committee, under the sanction of the Medical Counsel.

BE TEMPERATE IN EATING & DRINKING!

Avoid Raw Vegetables and Unripe Fruit!

Abstain from COLD WATER, when heated, and above all from *Ardent Spirits*, and if habit have rendered them indispensable, take much less than usual.

©.New York Historical Society

John Noble Wilford は、*New York Times* 2008 年 4 月 15 日の記事

“How Epidemics Helped Shape the Modern Metropolis” において 1832 年のコロナ禍の記事コピーを、以下のように、当時の患者の写真付きで引用。

“The cholera epidemic in New York is recalled in “Plague in Gotham! Cholera in Nineteenth-Century New York” at the New-York Historical Society. The exhibition includes sketches of cholera patients treated at a hospital on Rivington Street.”

1．ポーの人生とパンデミック

二〇二〇年九月一〇日の段階で、コロナによる米国の死者数は一八万人超に上り、これは第一次世界大戦戦死者の約一一万人を優に超え、まさにアメリカは、そして世界はコロナ戦争を戦っている。(1) 特に先住民の暮らしていた大陸に、世界各地の文化と人が移動してきて新たに始まったアメリカの歴史は、まさに移動してくる疫病との闘いの連続でもあった。

世界の終末と災厄による人類の死に深い関心を寄せていたポーは、疫病を繰り返しテーマ化し傑作を残した。というのも一八歳で家を出て二二歳の除隊以降大都会をさまようことになったポーの人生には、病と死とそして疫病による近親者の死はたえず付きまとっていたからだ。特に貧困の中猛烈に働くマガジニストとして、ポーは、人口超密な大都会の雑踏の中で疫病罹患とも決して無縁ではなかったのである。まず兄ウィリアム・ヘンリー・レオナルド・ポー（William Henry Leonard Poe）は、一八三一年八月一日にコレラのピークとなったボルティモアで亡くなっている。「メリーランド州医学年報、エピデミック」によると、ボルティモアでは、スモールポックス、イエローフィーバー、スカーレットフィーバー等の熱病と共に、コレラの流行もあり、一八三二年に八五三人の死者が出た。(2)

兄の死は『アーサー・ゴードン・ピムの冒険』第一三章で親友オーガスタスの八月一日の死のモデルになったとされているが、オーガスタスの足が死体からもげて、船べりから落ちるときの描写は強烈で、兄が死に、ポーが目撃した一八三一年のボルティモアのコレラでも多くの死者が出た惨状と以下のテクストは、無縁とはいえないだろう。

八月一日。（中略）数時間口を利かずにすごい引き付けを起こしながら、一二時頃とうとう息を引き取った。オーガスタスの死で残った二人の心には、不吉な前兆ばかりが次々浮かんだ。ようやく死骸を海に投げ捨てようとする勇気を奮い起こしたのは、日も暮れた後しばらくしてからだった。その時には死骸は何とも言えない胸糞の悪いことになっており、すっかり腐りきって、ピーターズが持ち上げようとすると掴んだ彼の手に、足がそっくりもげて残った。この腐敗の塊が船べりから辷り落ちると、燐光に照らされて大きなサメが七、八匹我々の目にもはっきりと見えた。餌食を争って切れ切れに食いちぎる歯と歯がガチがちかみあう音は、一マイル離れたところからでも聞こえたかもしれなかった。（大西尹明訳 一六〇―六一）[3]

翌年八月リッチモンドの幼友達バーリング（Ebenezer Burling）もコレラで亡くなっている（*Poe Log*, 127）。そして妻ヴァージニアが一八四六年暮れに喀血し、一八四七年一月肺結核で母エリザベスと同じく二四歳で帰らぬ人となったが、ヴァージニアの肺結核は一九世紀アメリカで顔色の蒼白さから「白い疫病」(white plague)と呼ばれていた。その後のポーの絶望には多くのストーリーがあるが、一八四九年七月七日付マリア・クレムへの手紙に、「私はずっと病気です。具合が悪くコレラにかかっているのです。ペンを持つこともできません」(L2: 452)と書き送っている。「メリーランド医学年報」によると一八四九年もボルティモアでコレラの流行があった(701)。

このようにポーの一生は家族と自らの病とともにあったともいえる。しかしポーの疫病譚の特質は、海洋譚、推理小説ジャンル同様、作品の場所設定がおおむね旧世界あるいはアメリカ以外におかれてきた。「影」(“Shadow,” 1835)は、古代から人類を苦しめた「疫病が黒い翼を広げた」Greco-Roman 文明のエジプトが舞台。聖書引用とともに荘重な文体で書かれている。「ペスト王」(“King Pest,” 1835)は、中世のロンドンの港町。ヨーロッパのペストの大流行では、人口の大半が失われたとされる史実から、ペスト患者と死者を投げ捨てた街の立ち入り禁止区域に、酔って気のふれた妙な水夫二人が累々たる死骸の街に迷い込む話。ポーは疫病が人類とともにあり、世界を覆い、世界の歴史を創ってきたことを描いてきた。

ペストは皮膚が黒くなる症状から「黒死病(Black Death)」と恐れられ、体が黄色くなる黄熱病等から疫病が身体の色を変え、斑点が出るや生きながら身体が腐敗し崩壊していくところに、ポーはその終末性と恐怖を見出した。そこで幻想的病、赤死《せきし》を創出し、「全身の毛穴から赤い血が噴き出る」とし、半時間のうちにすべてが死んで絶滅にいたる流行《はやり》病を創作し、名作「赤死病の仮面」("The Masque of the Red Death," 1842)で展開した。

2. リバティベル・弔鐘・「赤死病の仮面」

「赤死病の仮面」は、初版のタイトルが"The Mask of the Red Death"であった。仮面または仮面を付けて演じる幕間劇の様式をもくろみ、シェイクスピア(William Shakespeare)の他メアリー・シェリー(Mary Shelley)の一八二六年の疫病小説『最後の人間』(*The Last Man*)、をはじめ、コールリッジ(S. T. Coleridge)からバイロン(George Gordon Lord Byron)まで多くの旧世界の素材を織り込み、聖書的シンボリズムとインターテクスト性の重層性からなる名作である。(4)死後の『作品集』でタイトルが"Masque"となったが、ポーの疫病譚の完成形ともいえるこの傑作は、人間の七つの大罪、朝から夜、春から冬への季節と一生の時間の経過を思わせる七色の部屋、芸術と魔術による病疫の克服の伝統、隔離と閉鎖、また疫病から逃れることの不可能性や疫病領域の境界の崩壊、遍在する死の圧倒的力を示す倫理性も最後のシーンから窺うこともできる。プロスペロ公は、大胆にも仮面舞踏会という、伝統的な死を克服する所業で赤死病を克服しようとし、酒と音楽と踊りに酔いしれる宮廷人と盛大な仮装舞踏会を催行し、僧院に紛れ込んだ、あるいは滲み出た赤死を体現する影との決闘によって決着をつけようとするも死の感染を避けることはできず、赤死の仮装者の前に立っただけで劇的に死に絶える。「死と荒廃と赤死がすべての上に無限の支配を揮うのであった」（"Darkness and Decay and the Red Death held illimitable dominion over all."）という見事なDの連打は、作品を死への弔鐘の音で締めくくる。芸術も宗教もすべてが病疫の前に斃れる。D (EATH) の勝利は、ポーの遺稿「鐘」（"The Bells," 1849）最終連と同様の音構成になっている。

　このように「赤死病の仮面」はキャラクターも場所設定もヨーロッパを設定としているが、ポー一家が一八三八年から七年間住み主要な傑作を発表した、リバティベルの鳴り響くフィラデルフィアとも極めて密接な関係を持つ。

　赤死の創出の発想の根幹にはケネス・シルヴァマン（Kenneth Silverman）が詳しく指摘するように一八四二年一月のヴァージニアのひどい喀血による死の恐怖と血の結合

(Illustration for "The Masque of the Red Death")
出典：Harry Clarke, *Tales of Mystery and Imagination* (New York, 1919) p.270+1

があったと考えられる。シルヴァマンは以下のように書いている。

シシィの喀血の中ポーは絶望の直後二つのゴシック短編を書き、『グレイアムズ・マガジン』で発表した。「死の中の生」［後に"The Oval Portrait"として発表］は、ヴァージニアのような「絶望的に傷ついた」画家の語り手によって語られた。（中略）画家の現実回避と自己耽溺的質問は、「赤死病の仮面」では退けられる。ここでは国中を赤死（Virginia-like pestilence, ヴァージニアのような疫病）が荒らし「血こそがまごうことなき赤死病の印であった。」画家同様、プロスペロ公はポーが見た酷い喀血の運命を消し去ろうとしたのだった。（180-81）(4)

王の死に方には、この病が接触感染ではなく空気感染でいわば、毒ガスとなって同一空間の人間を大量に殺傷することを可能にする劇的性格がある。赤死の仮装者は、仮装と見えたものが実は素面で、赤死という魔物そのものであった。仮面舞踏会は、一三四八年から四九年ヨーロッパでのペスト流行とともに広がった「死の舞踏」——生者と死者が行列を成して踊り、墓場へと誘うダンス・マカーブルの絵画を想起させる。ポーは「死の舞踏」の代表的画家ホルバインに『ゴッサムの街と人々』（七九頁）で触れている。赤死病のさなかメメント・モリ（死を忘れるな）を演じながら、彼らは死を忘れていたのである。また全体の構想は『テンペスト』の影響を色濃く出すユートピア建設とディストピアへの転落、アッシャー館の部屋同様、生と死の交換のドラマが激しく展開する空間は、『アルンハイムへの道』でも論じたように「プロスペロ公の反自然の闘い、つまり疫病の跳梁する現実に対し、仮面劇をもって対抗する反自然の闘いであった」(伊藤　一四三―五六)。自然の光を遮断して七つのステンドグラスから側楼のかがり火で人工的な採光で照らし出される虚構化された七つの部屋、直線を避けた迷宮状にくねる部屋、第七の黒の間に置かれた人間のような柱時計は、プロスペロ公の反自然が成功する限りにおいては、戦いのまさに人質として配置されたものであった。なぜなら時計こそ時を生み出す人工物で、当時のアメリカの技術の最先端であり、自然を遮断し、技術で時を生み出し病を囲い込むものであった。

『赤死病の仮面』は、ポーがフィラデルフィアで、ボルティモアをも襲った一八三一年から二年にかけてのコレラ禍の追想や、身内の病への絶望感もあったのではないかと考えられる。また一八三一年はポーに多大な影響を与え約六〇人の白人の血を流し、何倍もの黒人が処刑された「ナット・ターナー奴隷反乱事件」の年でもあった。ポール・ハスペル(Paul Haspel)は、「『赤死病の仮面』における自由の鐘と予兆――Liberty Bell イデオロギーと時計のモチーフ」において、この作品が実に政治的な骨格を持つとして詳細な分析をする。(5) *Liberty Bell* はフィラデルフィア由来のアボリショニズムの雑誌であり、シェクスピアのプロスペロの台詞は、キャリバンを明らかに何度も "slave" と呼び、ポーのプロスペロにも南部農園主のイメージが色濃く投影されているとする。ハスペルによるとこのテクストは「南部の貴族的富裕階級の死を予言する倫理的側面を持つ」とする。(6)アランに裏切られた南部富裕層に対するポーの複雑な怨嗟と葛藤は、この作品の作者の立ち位置を複雑にしているが、作品最後の「仮面を剥ぐ」という黙示録的構想や、疫病と弔いの鐘の結合は、さらに次のニューヨーク疫病譚にも続くのである。

3. ポー的疫病譚の想像力の深み

さらに最近の研究では、これ以外にも疫病モチーフはポーの多くの作品を形成していることが判明し、西山けい子『エドガー・アラン・ポー――極限の体験、リアルとの出会い』第一二章では、ポーだけでなくホーソーン、メルヴィルの疫病譚も論じられている。(7)アメリカでは“Poe and Pandemic”でポー学者が雑誌や新聞に論文を投稿し、『ペスト』のカミュとともに話題となっている。代表的なもの二点を見てみたい。COVID-19ですべてが変わり、「自由で平等な」はずの国の階級格差が露わになり、この作品に現代のコロナ禍での施政者の差別思想を読み込むのは、ポール・ルイスの論文である。

効果的な政策の立案と実施にとって今がどれほど重要であるかという感覚は、大統領の毎日の説明会での大統領の誤解を招くコメントに対して、聴衆皆が感じる不承認の気持を疑いなくつのらせています。アフリカ系アメリカ人と他の不利なグループへのパンデミックの特大の影響は、普遍的なヘルスケアを支持する新しい議論を提供しています。

ポーは一般的には教訓的な作家ではありませんでした。実際、彼は美徳を教え込み、真実を伝えようとする物語や詩を批判しました。しかし、ペストの主題は、それを組み込むことの道徳的および宗教的な枠組みによって、彼は芸術のための芸術の論理も放棄しました。疫病に関する物語では、彼のテーマは明確で、直接的です。ペストに対処するときは、まずその重症度を理解し、次に、人類共通の原因に目を留めます。危険は現実的であり、人類は一体であり、否定も利己主義も役に立たない。(8)

また、ジェラルド・ケネディー（J. Gerald Kennedy）は web 論文 "Life and death: Poe and Kierkegaard" において、ポーの疫病譚にある哲学的深みについて以下のように言及する。

「赤死病の仮面」は、現代の読者にとって、ポーの強力で奇妙な魅力を示している。ポー作品の邪悪さは、死に対する強く惹かれる感情から生じている。一九世紀同時代の人々のなかで、ポーは、キルケゴールを除いて死の必然、実存的恐怖、そしてその精神的な帰結である絶望に最も没頭していた作家だった。ポーとキルケゴールがどちらも死にかくも敏感であったのは、恐怖と死の否定に関連する問題は、キリスト教のブルジョア文化をすでに苦しめていることを、様々な形と記録で探検し、認識していたからだ。ポーは彼のフィクションを彼の正当な研究分野である畏怖という形で、彼が（彼の最初の本の序文で）受け入れた主題として捧げた。彼はその恐怖を魂までたどり、それを「死に至る病」とみなした。まさにそのタイトルによるキルケゴールの素晴らしい作品は、ポーが亡くなった一八四九年に登場した。(9)

つまり疫病はポーにとって「死に至る病」としての生への認識そのものを表象するテーマであり、他のジャンルにはない社会性をポーの文学に与えたと、二人の学者は述べている。また「早すぎた埋葬」等の死生境界の物語は、いわば疫病譚とクラスターを成すポーの基本的物語群であるということもできる。

4. "The Sphinx"（Death's-headed Sphinx, 髑髏面型雀蛾）とは何か

このようなポーの疫病譚の最後に位置しているのが、訳出した「スフィンクス――謎の雀蛾」

（一八四六）であり、他の作品と違い現実のニューヨークに設定をとり、一八三二年にニューヨークの四〇〇〇余の人口を奪ったコレラをテーマとした。チャールズ・ローゼンバーグによると、一八三二年七月のニューヨークの状況について「都市からの大量脱出はすでに始まっていた。逃げることができる人々にとっては、それは昔からある即座の反応であった。五万人のニューヨーカーが蒸気船、馬車、あるいは手押し車で街から逃げていった。（中略）出ていくことのできない貧困層が街に残った。混雑した不潔な部屋に住む彼らはコレラの完璧な犠牲者となった。（中略）家屋は空っぽで、ほこり、強盗、破壊行為の餌食となった八月までには、教会もドアを閉ざし始めた」[10]（39）。従来この作品は、短いスケッチとして、「赤死病の仮面」ほど注目されてこなかった。しかしなぜポーは一四年も前のニューヨーク素材をこの時期に発表したのであろうか。本選集のテーマであるニューヨークと、「貝類学手引書――序文」等に示されたポーの生きものへの関心、自然史的発想との関係、さらには疫病譚の締めくくりに位置する点からこの作品の意義を再考してみたい。

最初に注目すべきは本作のタイトルである。原題は The Sphinx。道行く人に謎かけをしたという古代世界の存在。これ自身ポーの読者への謎かけとなっている。スフィンクス（Sphinx）は、エジプト神話やギリシャ神話、メソポタミア神話等に登場する、ライオンの身体と人間の顔を持った神聖な存在あるいは怪物のことで、古典ギリシャ語ではスピンクス（Σφίγξ, Sphinx）といい、スフィンクスとはこの英語読みである。古代各文化に様々な形があるが、ポーが愛した合成獣《キメラ》である点と、道行く人に謎かけをする存在で神殿の前に置かれた守護神であるとともに、死をもたらす魔物である二重性が共通点である。スフィンクスをモチーフにした芸術作品も多く、世界各文化圏にスフィンクス伝説はある。ところが同時に生物学では、これは不気味な色と模様のある「ドクロメンガタスズメガ」(Sphingidae) のことでもある。したがってタイトルは「この怪物は一体何者なのか」という謎かけとなっていて、答えられないと死に至ることから、タイトル自身が掛けことばになっている。デュパンを思わせるソファーに座る冷静聡明な友人により、一見謎は解明されたかのように見える。しかしこの作品の最後は、冷静なはずの友人の言葉で終わっていて、いわゆるオープンエンディングであり、この説明を語り手が納得したかどうかは不明であり、また友人も、それほど冷静だったかどうかは明確ではない。

従来この作品は、近視眼の人間が目前の小さな生きものを、河岸の向こうにいると思い込んで窓ガラスから数ミリのところのクモの巣を伝うスズメガの至近の近景と、剥き出しの山肌の遠景とを脳内で合体して見たために、スズメガがとてつもないモンスターに見えた、誤った尺度と測定を用いれば、必然的に物事は正しく見えない、誤判定されるというモラルが引き出せる話と解釈されてきた。文中にあるようにこのモンスターを、容赦なく進む民主主義の平等主義へのポーの批判が読み込めるともされてきた。すでに引用したケネディの論文また福島祥一郎の「スフィンクス論」[11]にもそうした解釈が見える。しかし設定を初めてアメリカに移し、コレラが引き起こす絶望的恐怖が主題であり、ポーから強い影響を受けた芥川龍之介も「ポォはスフィンクスを作る前に解剖学を研究した。ポォの後代を震駭した秘密はこの研究に潜んでいる」（四二三）とする[12]。ポーにとっての疫病譚の最終的語りとなっていることにはもっと別の意味があるのではないだろうか。

5. 髑髏と弔鐘

ここで語り手の「怪物」との遭遇が起こるプロセスを辿ってみると、まずコレラによる死者の相次ぐ知らせに語り手は「異常な陰鬱の状態」に陥り、「不吉な前兆」を感じ、手にした前兆にかかわる本からも語り手はすでに、非日常的な夢想的状況にある。このプロセスは「黒猫」同様、目前の生きものを得体のしれないものつまりmonsterと呼び、その怖れを次第に増大させていく心理プロセスでもある。

「暑い日の終わり近くに」というフレイズは夢想の開始と爛熟を示すポー作品の常套的文言であり、非日常を示す特別な記号でもある。開けられた窓はいわゆる「ゴシック・ウィンドウ」[12]であり、窓外にはゴシック・ホラーが展開するのである。この場合窓枠は、視野枠となる目でもある。すでにして語り手は夢想の中にいて、「恐ろしい形をしたある怪物が、定期航路船の形をして」目に映じる。その色、形からポーの軍隊時代に見知った世界最強の軍艦のような連想が浮かんでくる。「七四門砲の我が国古戦艦」に喩えられ攻撃的な「恐ろしい生きもの」をそこに幻視する。特に胸の部分の髑髏模様を、「災いの予兆」として畏怖の念をもって見つめ、怖れに打ち震える。この怪物が死を予兆する最大の契機は次に聞こえた「大きな悲しみの音」であった。それは弔鐘のように私の神経を打ち、丘のふもとに怪物が消えるとともに、私は床に倒れ気を失ってしまう。

私はこの恐ろしい生きもの、特に胸の部分、災いの予兆を畏怖の念をもって見つめたが、その怖れはいかなる努力によっても鎮めることが不可能であることがわかった。とそのとき、巨大な顎を鼻の末端で突然拡げ、そこから大きな悲しみの音が聞こえ、それは弔鐘のように私の神経を打ち、丘のふもとに怪物が消えるとともに、私は床に倒れ気を失ってしまった。

（MIII: 1249）

弔鐘を響かせる詩“The Bells”で一生を終えたポーであってみれば、最後の疫病譚のこの部分は見逃せない。つまりこの作品は、ポーの旧世界で展開したやや観念的な物語としての疫病の、アメリカ・ニューヨークでの恐怖の現前とみることができる。死の予兆の髑髏と陰鬱な音への顕微鏡的な拡大図、いわば虫瞰図ともいうべきものは、心理的リアリティそのものである。語り手によるいわば遠近法の消去による遠景と至近景の並置、混同、歪んだ空間の想像図こそ語り手のリアリティである。この間繰り返されるのが、ハドソン川の開発や自然災害によるものか、「剥き出しになった山肌」（denuded face）という語でもある。ところどころ樹木が倒れていることと怪物の出現はセットになっている。

都市化による開発によって街の自然が壊れていく恐れがピークに達しつつあったことは、『ゴッサムの街と人々』でも語っている。

また昆虫が持つ自然史的特質から、ポーのもう一つの昆虫もまたゴシックネイチャーに変じている例として「告げ口心臓」（"The Tell-Tale Heart" 1842）のデスウォッチ（チャタテムシ、Death-watch）がいる。「臨終のみとり」と名づけられるこの甲虫は、辞書によると「壁の中で木を食べて穴をあける際発するチクチクという音が死の予表であると信じられた」ことに由来する。徹底して聴覚的に進むストーリーの語り手は、はじめに「私は空の下のすべて、地の上のすべて、地獄だってすべてを聴いてきた」（MII: 792）と言明する。デスウォッチの音を初めて聞いたのち、この音のいや増す高まりに苦しむ八日後、殺人の夜、二度目に、「あの憎らしいトットッという音が刻一刻ますます大きく烈しくなっていく」（MII: 794）のを聞く。デスウォッチの音と時計の音、自らの心臓の音、自然、機械、人間三様の死へと向かう音の、パラノイアの語りによる一体化によって、殺す人と殺される人の一体化が起こり、この名作の殺人と罪の認識と告白のストーリーがないまぜになって進行する。

ポーは一方で友人と語り手の、夢想と分析的理性の二重性を示し謎の解明をしつつ、実は引用されているトマス・ワイアットの昆虫学事典からの「髑髏面型雀蛾」の一節は、語り手が語った怪物描写そのものを繰り返させていることにも気づく。語り手の怪物描写は決して空想ではなく、生きものの事実であり、語り手はこの辞典的事実を恐怖のテキストとしてゴシック・ウィンドウである目の中でゴシック化して読んだのである。その際、かつて「貝類学手引書」の序文でポーが詳細に書いたように、どんな小さな生きものにも、地球全体の組成と関係する創造のデザインが刻印されている。化石、森、珊瑚、そして貝殻こそ、唯一の真の残存する「創造の勲章」であってみれば、その髑髏と陰鬱な声にも大きな意味、「死の予兆と弔鐘」が潜んでいるのである。これこそ、死の三年前、妻の病と自らの病で苦しんでいたポーのスフィンクスの、謎の答えなのだ。

【註】

（1）「世界のコロナ死者数」は以下による。
https://www.yomiuri.co.jp/topics/covid19/death-toll-to-population-on-treemap

（2）*Medical Annals of Maryland.* https://mdhistoryonline.net/epidemics/

（3）この引用は創元推理文庫『ポオ小説全集2』からである。

（4）この作品のソースとしては以下等が指摘されている。William Shakespeare, *Macbeth* (1603), *The Tempest* (1611); Daniel Defoe, *A Journal of the Plague Year* (1722); Alexander Pope, *The Dunciad* (1728); Edward Young, *The Centaur Not Fabulous* (1806); George Gordon Lord Byron, *Childe Harold's Pilgrimage* (1812-18); "Darkness" (1816); John Wilson, "The City of the Plague" (1816).

（5）Silverman, Kenneth. *Edgar A. Poe: Mournful and Never-ending Remembrance*. Harper Perennial, 1992.

（6）Haspel, Paul. "Bells of Freedom and Foreboding: Liberty Bell Ideology and the Clock Motif in Edgar Allan Poe's "The Masque of the Red Death." *The Edgar Allan Poe Review*, Spring 2012, Vol. 13, No. 1, pp. 46-70.

（7）西山けい子『エドガー・アラン・ポー——極限の体験、リアルとの出会い』第一二章（新曜社、二〇一二）。

（8）Lewis, Paul. "Edgar Allan Poe's writings about plagues and how they relate to the current pandemic COMMENTARY." May 12, 2020.
http://www.baltimoresun.com/opinion/op-ed/bs-ed-op-0513-edgar-allan-poe-coronavirus-pandemics-20200512-qygmt66olrhldgaed2u5aqkz5m-story.html

（9）Kennedy, J. Gerald. "Life and death: Poe and Kierkegaard." The dreadful allure of Edgar Allan Issue 88, 12th May 2020.

（10）ニューヨークのコレラ被害の実情については以下を参照した。Rosenburg, Charles E. "The Cholera Epidemic of 1832 in New York City." *Bulletin of the History of Medicine*, vol. 33, No. 1, January-February 1959, pp. 37-49. JSTOR, https://www.jstor.org/stable/44450587.

（11）福島祥一郎「ポーとニューヨーク――「スフィンクス」にみるトポスと視覚の関係性」『ポー研究』（一二、二〇二〇）、三五―四四。

（12）『芥川龍之介全集第七巻』岩波書店、一九七八。

（13）「ゴシック・ウィンドウ」とは、現実を異化する物語装置のことで、これが開くことでゴシックの異空間が始まる。伊藤詔子『ディズマル・スワンプのアメリカン・ルネサンス』（音羽書房鶴見書店、二〇一七）、第Ⅳ部を参照されたし。

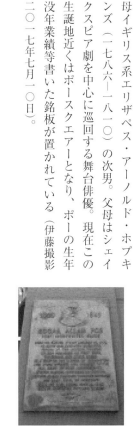

エドガー・アラン・ポー作品年譜と関連年表

＊本書の作品はゴチで示した

一八〇九年　一月一九日、マサチューセッツ州ボストン、劇場のあったカーバー街六二番地で生まれる。父アイルランド系デイヴィッド・ポーJr（一七八四―一八一〇?）、母イギリス系エリザベス・アーノルド・ホプキンズ（一七八六―一八一〇）の次男。父母はシェイクスピア劇を中心に巡回する舞台俳優。現在この生誕地近くはポースクエアーとなり、ポーの生年没年業績等書いた銘板が置かれている（伊藤撮影二〇一七年七月一〇日）。

一八一〇年　一歳　一〇月、父失踪。

一八一一年　二歳　母興行中のヴァージニア州リッチモンドで、一二月二〇日肺結核で没する。兄ウィリアム・ヘンリー・レナード、妹ロザリー、エドガーも孤児になる。ウィリアムはボルティモアの祖父に、ロザリーはマッケンジー夫妻に、エドガーはスコットランド出身の貿易商ジョン・アラン（John Allan）家に引き取られ、エドガー・アランは・ポーとなるが、アランはエドガーを正式な養子としては入籍しなかった。しかし南部煙草商人の家庭でエドガーの幼年・少年期は十分な教育を受けさせた。母の死後すぐ母の舞台であったリッチモンド劇場で七五人の犠牲者を出す歴史的大火災があった。火事のテーマはポー諸作品に揺曳する。

一八一五年　六歳　七月、アラン夫妻とともに渡英。スコットランド、アーヴィンのグラマースクールで学ぶ。五年間のイギリスでの貴重な初等教育を受ける。

一八一七年　八歳　ロンドン郊外のストーク・ニューイートンのマナーハウスで学ぶ。この学校での体験はのちに「ウィリアム・ウィルソン」の素材となる。

一八二〇年　一一歳　アランのロンドンでの事業は不首尾に終わり、一家はリッチモンドに戻る。

一八二一年　一二歳　ジョーゼフ・H・クラークの「古典語学校」に通う。

一八二二年　一三歳　ポーの妻となるヴァージニア・クレム、メリーランド州ボルティモアで誕生。ポー詩作を始める。

一八二三年　一四歳　四月、ウィリアム・バーク学校に入学。語学、スポーツに秀でる。友人の母ジェーン・スタナード夫人を知り、「魂の恋人」として情熱を捧げる。

一八二四年　一五歳　スタナード夫人死去。のちに彼女に捧げる詩“To Helen”（1831）を書く。

一八二五年　一六歳　セアラ・エルマイラ・ロイスターと親密な関係になり、ひそかに婚約。この年アランは叔父ウィリアム・ゴルトの死により、莫大な遺産を相続する。一家は望遠鏡を措ける広いポーチのある美しく広壮な館“Moldavia”（図参照）に引っ越す。

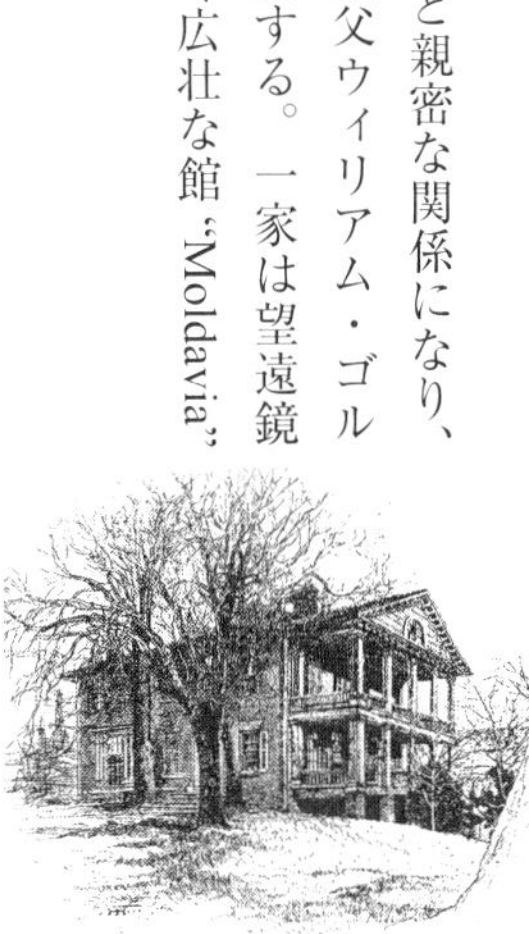

一八二六年　一七歳　二月、ヴァージニア大学に入学する。古典語、近代語で頭角を現す。しかし学資が足りず賭博で借金を抱え退学。養父アランを激怒させ、一二月リッチモンドに連れ戻される。アランとの不和深まる。

一八二七年　一八歳　三月、家を出て四月、生誕の地ボストンに戻る。第一詩集『タマレーン、その他の詩』を“By a Bostonian”としてカルヴァン・E・S・トマス社より出版。五月合衆国陸軍にエドガー・A・ペリーの名で二二歳と偽って入隊。ボストン港内インデペンデンス砦勤務。

一八二八年　一九歳　一一月、サウス・カロライナ州サリヴァン島へ移動、一二月、モンロー要塞に配属。この島での体験はのちに「黄金虫」その他の素材となる。

一八二九年　二〇歳　一月、特務曹長に昇進。二月、義母フランセス・アラン死去。除隊。一二月、ボルティモアのハッチ・アンド・ダニング社から『アル・アーラーフ、タマレーンその他の詩集』出版。

一八三〇年　二一歳　七月、ウエスト・ポイント陸軍士官学校に入学。一〇月、養父アラン再婚。翌年には摘子誕生。アランからポーとの絶縁宣言の手紙。

一八三一年　二二歳　故意に軍務を怠り二月に軍を去る。軍法会議で放校処分。四月、ニューヨークのエラム・ブリス社から『ポー詩集』序文「Bへの手紙」(ポーの最初の詩論となる)を出版。収録作品には長詩の他“Doomed City”“To Helen”等もあった。ポルティモアの叔母クレム夫人宅に身を寄せる。八月一日、兄ヘンリー病没。

一八三二年　二三歳　『フィラデルフィア・サタデー・クリアー』一月号に「メッツェンガーシュタイン」

が掲載される。続いて「オムレット公爵」「イェルサレムの物語」「息の喪失」「ボンボン」が同誌に三月から一二月にかけて掲載される。

一八三三年　二四歳　『ボルティモア・サタデー・ヴィジター』の懸賞に応募し、「瓶のなかの手記」が当選、五〇ドルを獲得。審査員であったJ・P・ケネディの知己をえる。

一八三四年　二五歳　三月、養父アラン死亡。後妻とのあいだに子供が三人生まれ、遺言でポーには遺産相続なし。「約束ごと」を発表。八月、南部の代表的雑誌となる『サザン・リテラリー・メッセンジャー』創刊。

一八三五年　二六歳　ボルティモアからリッチモンドに移る。ケネディの推挙で『サザン・リテラリー・メッセンジャー』の編集に従事し、部数拡大に貢献（三〇〇部から五〇〇〇部へ）。同誌に「名士の群れ」「影」「ペレニス」「モレラ」「ベスト王」「ハンス・プファアルの無類の冒険」を発表。唯一の詩劇「ポリシャン」を一二月号と次年一月号に発表。

一八三六年　二七歳　三月、『サザン・リテラリー・メッセンジャー』に「四獣一体」、

サザン・リテラリー・メッセンジャー（1834-64）社屋
https://en.wikipedia.org/wiki/Southern_Literary_Messenge

四月、「メルツェルの将棋差し」を発表。五月、従妹のヴァージニア・クレムと結婚。ヴァージニア一三歳。社主ホワイトとの不和始まる。

一八三七年　二八歳　一月、『サザン・リテラリー・メッセンジャー』を退職。同誌一月号と二月号に長編小説『アーサー・ゴードン・ピムの冒険』のはじめの数章を発表。二月、妻、義母とともにニューヨークへ出る。短篇「煙に巻く」を発表。

一八三八年　二九歳　短篇「沈黙」「ライジーア」「ある苦境」「ブラックウッド の記事を書く作法」を発表。七月、『アーサー・ゴードン・ピムの冒険』をニューヨーク、ハーパーズ社から出版。職を求めてフィラデルフィアへ移動。

一八三九年　三〇歳　**『貝類学手引書』**（序文を書き、ポーの名で）ハスウエル社から出版。『バートンズ・ジェントルマンズ・マガジン』の編集職につく。「鐘楼の悪魔」「使い果たされた男」「アッシャー家の崩壊」「ウィリアム・ウィルソン」「エイロスとチャーミオンの対話」等を発表、それら二五編を含む作品『グロテスクとアラベスクの物語集』全二巻をフィラデルフィアのリー・アンド・ブランチャード社から出版。

一八四〇年　三一歳

「ダゲレオタイプ論」を『アレクサンダーズ・ウィークリー・メッセンジャー』で「暗号論」とともに発表。『バートンズ・ジェントルマンズ・マガジン』を去る。"Literary America"の理想を託す『ペン・マガジン』の創刊予告をする。発行はされず。未完の連載もの「ジューリアス・ロドマンの日記」を執筆。「家具の哲学」「実業家」「群集の人」「チピのフランス人は、なぜ吊鎧帯をしているのか」**「直観対理性」**を発表。

一八四一年　三二歳

『バートンズ・ジェントルマンズ・マガジン』を合併した『グレアムズ・マガジン』の主筆編集者となる。部数拡大に貢献（六〇〇〇部から三万七〇〇〇部へ）。同誌に短編作品を次々発表する。「モルグ街の殺人」「メエルシュトレエムに呑まれて」「妖前の島」「モノスとユーナの対話」「悪魔に首をかけるな」等。一二月、のギフト誌には「エレオノーラ」を発表。批評に「暗号論」「『バーナビー・ラッジ』論」。

一八四二年　三三歳

一月、妻ヴァージニア結核で喀血。三月ディケンズとフィラデルフィアのホテルで会う。四月、『グレアムズ・マガジン』に「楕円形の肖像」、四月と五月にホーソーン『トワイス・トールド・テールズ』書評、「赤死病の仮面」を発表。『グレアムズ・マガジン』にルファス・グリズウォルドが編集者として招かれ、ポーは同誌を去る。「風景庭園」「マリー・ロジェの謎」（前半）「陥穽と振子」等を『スノウデンズ・レディーズ・コンパニオン』に発表。

一八四三年　三四歳　再度『ペン』に代わる『スタイラス』創刊を企画し趣意書を『サタデイ・ミュージアム』に掲載するも実らず。『ダラー・ニューズペーパー』の懸賞募集で「黄金虫」が入選、賞一〇〇ドルを獲得し、同誌に二回に分けて掲載され好評を博した。一月「告げ口心臓」、八月、「黒猫」を『ユナイテッド・ステイツ・サタデイ・ポスト』に発表。『ポー散文物語集』を計画したが出版は四五年になる。評論に「詐欺――精密科学としての考察」。

一八四四年　三五歳　四月、フィラデルフィアを去り、妻とともに再びニューヨークへ。すぐに『ニューヨーク・サン』に「軽気球夢譚」発表。『イヴニング・ミラー』の編集に参加。五月〜六月『コロンビア・スパイ』に**『ゴッサムの街と人々』**連載。『デモクラティック・レビュー』に「マルジナリア」を連載。多くの作品がフィラデルフィア、リッチモンドから発表される。「ウィサヒコンの朝」「盗まれた手紙」「眼鏡」「長方形の箱」「鋸山奇譚」「早まった埋葬」「盗まれた手紙」「催眠領の啓示」「お前が犯人だ」「不条理の天使」「シンガム・ボブ氏の文学的生活」は『メッセンジャー』から。

一八四五年　三六歳　一月『イブニング・ミラー』に『大鴉』を発表、大評判となり、詩人、批評家、作家としての地位確立。『ブロードウェイ・ジャーナル』の編集者となり、一〇月にはその所有者となる。ロングフェロー論争を継続。詩集『大鴉、その他の詩』を出版。一二編の短篇を収めた『ポー物語集』を出版。「タール博士とフェザー教授の療法」「シェヘラザーデの千二夜の物語」「ミイラとの論争」「言葉の力」「天邪鬼」「ヴァルドマアル氏の病症の真相」**「雑誌社という牢獄秘話」**等を『ブロードウェイ・ジャーナル』に発表。

一八四六年　三七歳　一月、『ブロードウェイ・ジャーナル』資金難で閉刊。五月、健康を考えフォーダムへ転居。家庭の経済状態窮乏。ヴァージニアの健康状態は次第に悪化し喀血をみる。**「スフィンクス」**「アモンティリャアドの樽」、「大鴉」についての詩論「構成の哲理」等を発表。

一八四七年　三八歳　一月三〇日、ヴァージニア二四歳で死去。ポーも健康状態悪化。ホーソーン『トワイス・トー ルド・テールズ』を三度目に批評、絶賛から批判へ論調を変更。ヴァージニアを求める墓場詩「ウラリューム」、ユートピア庭園構築「アルンハイムの領地」を発表。

一八四四年　三九歳　プロヴィデンス在住の未亡人で女流詩人セアラ・ヘレン・ホイットマン、実業家の妻アニー・リッチモンドとの間に求愛、婚約のロマンス。婚約は破棄となったヘレンに捧げた長詩、"To Heren"を発表。散文詩、宇宙論『ユリイカ』をニューヨークで朗読し、パットナム社から単行本として出版。

一八四九年　四〇歳　六月、リッチモンドに向かい、新雑誌発刊の仕事を続行。少年時代の恋人セアラ・エルマイラ・シェラトンと再会し婚約。八月「詩の原理」の講演をリッチモンド、ノーフォーク等で行い、一〇月三日、ポルティモアの選挙投票所に使われた酒場の前で、意識不明になっているところを発見される。ワシントン病院に運ばれるが一〇月七日、同処にて永眠。この年、詩「エルドラド」を発表。名詩二編の原稿は一八四六年頃書かれたが「アナベル・リー」は一〇月九日『ニューヨーク・デイリー・トリビューン』から、「鐘」は一〇月一五日発行の一一月号『サーティンズ・ユニオン・マガジン』から出た。「メロンタ・タウタ」「ランダーの別荘」「ホップ・フロッグ」「×だらけの社説」「フォン・ケンペレンと彼の発見」等をボストンの『フラッグ・オブ・ユニオン』から発表した。

◉一八四九年一〇月三日～一〇月七日までのポーの動静（付記）

『ポー・ロッグ』はじめクィン、シルヴァマン、シモンズ、ヘイズ他ポー伝記作家によると、一〇月三日に、ワシントン病院に担ぎ込まれるまでの経過は以下である。一八四九年九月二七日、リッチモンドからフィラデルフィアに向かうため、蒸気船ポカホンタス号で発ち、死の旅路となるボルティモアに二八日に着いた。おそらくボルティモアはポー一族の土地であり、懐かしさから立ち寄ったのであろう。しかし一〇月三日、印刷屋のジョセフ・ウォーカーが酒場で第四投票所に指定されていた“Gunner's Hall”でポーに出会ったとき、「ひどい服装の、ポーと思われる「紳士」に出会ったが、目はうつろで助けを求めており、友人のジェームズ・E・スノッドグラス（James E. Snodgrass）に連絡してほしいということなので急ぎ知らせる」とのメッセージをスノッドグラスに届けた。スノッドグラスは午後そこに出かけて、彼の計らいで、ポーはワシントン病院に担ぎ込まれ、地元の従弟、ニールソン・ポーに連絡が行った。モラン医師はニールソンを病人にすぐには会わせず、五日になってニールソンはポーを見舞ったが、病状は少し安定していたということだった。しかし七日には、突如死の連絡があった。ポーは明け方五時に息をひきとったということであった*。

　さらにポーの遺品としては、リッチモンドから持ってきたいつも持ち歩いていたトランクがあった。この中には恐らく「詩の原理」他の重要な原稿が有ったと考えられている。トランクの中身は紆余曲折の後ポーが作品の遺産相続人に指定したグリズウォルドの手に渡った。これがポー受容と批評の不幸の始まりであったが、手稿「詩の原理」を含むポー作品集を最初に活字化し作品集を出したのはグリズウォルドであった。

＊この経過は伊藤（二〇一七）二七四―七五頁を修正したものである。

一八五〇年　死後一年　一月、グリズウォルド編『エドガー・アラン・ポー作品集』全Ⅱ巻が、また一二月には第Ⅲ巻が、一八五六年には第Ⅳ巻が、ニューヨークのJ・S・レッドフィールド社から出版された。悪名高きポーを誹謗する「回顧録」付き。（*The Works of the Late Edgar Allan Poe*, (Edited by Rufus Wilmot Griswold) vols 1-2, New York: J. S. Redfield, 1850; vol 3, 1850; vol 4, 1856 (reprinted by Redfield until 1859 then by W. J. Widdleton until 1871).

◉一八四九年死後の、ポー研究国際会議と関連事項

一九八七年　『アーサー・ゴードン・ピムの冒険』出版一五〇年記念会議、ナンタケット島、USA

一九九九年　第一回国際エドガー・アラン・ポー会議 Richmond, VA, USA

二〇〇二年　第二回国際エドガー・アラン・ポー会議 Towson, MD, USA

二〇〇九年　第三回国際生誕二〇〇年記念エドガー・アラン・ポー会議 Philadelphia, PA,USA

二〇一四年

Poe Square in Boston.
（筆者撮影）

「ポーボストンに帰る」
彫像除幕式
©FOUNDATION OF
BOSTON

二〇一五年　第四回国際エドガー・アラン・ポー会議 New York, NY, USA

二〇二二年（予定）　第五回国際エドガー・アラン・ポー会議 Boston, MA, 2022, USA

◉ Co-sponsored Conferences

二〇〇六年　アメリカ文学における環大西洋主義会議（エマソン学会、ホーソーン学会、ポー学会共催）Oxford, England, UK

二〇一二年　イタリア会議（エマソン学会、ホーソーン学会、ポー学会共催）Florence, Italy

二〇一八年　京都国際ポー、ホーソーン会議 Kyoto, Japan

謝辞

この選集に集めたポーの作品前半は、ニューヨークにおけるマガジニスト＝ポーの生成過程を読み取ることができるものばかりで、すさまじいばかりのポーの筆力を示す貴重なテクストである。また後半は、ダゲレオタイプ、生物学とりわけ昆虫学、貝類学等に専門的な知識をもって時代の最先端の知に触れ作品化した、自然史家としてのポーをくっきりと浮かび上がらせることができる。ある程度まとまりしかも重要であるにもかかわらず邦訳されてこなかったポーのテクストを訳すことは、訳者の長年の課題でもあり、断片的な仕事をここにやっとまとめることができた。しかしⅥ以外は本邦初訳というだけでなく、テクストの所在そのものに謎が多く、底本を確定するのにも時間がかかった。そしてニューヨークというテーマとダゲレオタイプや自然史の思考は、ポーの中で一体的に作品化していることを、三つの論説で探った。翻訳・訳註には最善を尽くしたが思わぬ問題が生じ、間違ったところがあるかもしれない。読者各位はまだまだ汲みつくせないポーという作家の謎の探求者として、筆者と伴走していただければありがたい。そして訳者の至らないところについて、ご意見を頂ければ幸いこの上もない。

この仕事が可能になったのは、特にEテクスト化作業の偉大な貢献者ジェフリー・サヴォイ

(Jeffry Savoye) 教授・ボルティモアポー協会会長はじめ、リチャード・コプレイ、ポール・ルイス、ジェラルド・ケネディ、エレザベス・スウィーニィ、バーバラ・カンタルポおよび日本ポー学会の会員等々多くのポー研究者のおかげである。その偉大な学問的達成とご努力に、ここに深く敬意を表し、感謝したい。*Doings of Gotham* (1929) の活字体のテクストを作成されたT・O・マボット教授、またその翻訳については、版権所有者であるマボット教授ご遺族にも、改めて深くお礼を申し上げたい。

翻訳に当たっては、前半を藤田佳子奈良女子大学名誉教授に、後半を上岡克己高知大学名誉教授に読んでいただき、貴重なご助言を頂くことができた。お二人の先生方の友情に感謝したい。もちろん不備は筆者の責任であることは言うまでもない。

この選集の構想は平成時代のかなり前にさかのぼるが、遅々として仕事が進まず、令和を迎え、今日に至ってしまった。構想段階から相談に乗ってくださり、カオス状態の細かい原稿編集作業に当たってくださった小鳥遊書房の高梨治氏には、深甚の感謝を捧げたい。

二〇二〇年八月一五日　戦後七五年終戦記念日　　伊藤詔子　識

引用・参考文献

I. Poe's Texts, Letters, and Bibliography

Deas, Michael J. *The Portraits and Daguerreotypes of Edgar Allan Poe*. UP of Virginia, 1989.

Dwight, Thomas, and David K. Jackson. *The Poe Log: A Documentary Life of Edgar Allan Poe 1809-1849*. Boston: G.K. Hall, 1987.

Gaylin, David F. *Edgar Allan Poe's Baltimore*. Charleston: Arcadia, 2015.

Hayes, Kevin J., editor. *The Annotated Poe*. Cambridge: Belknap, 2015.

Harrison, James A., editor. *The Complete Works of Edgar Allan Poe*. 1902-1903. New York: AMS Press, 1965.

Hecker, William, editor. *Private Perry and Mister Poe: The West Point Poems, 1831 Facsimile Edition*. Louisiana UP, 2005.

Heholt, Ruth, and Melissa Edmundson. *Gothic Animals: Uncanny Otherness and the Animal With-Out*. Palgrave Studies in Animals and Literature. Palgrave Macmillan, 2019.

Levine, Stuart, and Susan Levine, editors. *Eureka*. Urbana and Chicago: U of Illinois P, 2004.

---. Eds. *The Short Fiction of Edgar Allan Poe: An Annotated Edition*. 1976. Reprint, U of Illinois P, 1990.

Mabbott, Thomas Ollive, editor. *The Collected Works of Edgar Allan Poe*. 3 vols. Cambridge: Belknap, 1969-78. Volume I Poems (1969), Volume II, III, *Tales and Sketches* (1978)

Ostrom, John Ward, editor. *The Letters of Edgar Allan Poe*. 2 vols. 1948. New York: Gordian, 1966.

Poe, Edgar Allan. *The Collected Letters of Edgar Allan Poe*, edited by John Ward Ostrom, Burton R. Pollin, and Jeffrey A. Savoy, New York: Gordian, 2008.

---. *Doings of Gotham*, edited by T. O. Mabbott & Jacob E. Spannuth.

Pottsville, PA, 1929. University Microfilms International, Ann Arbor: MI, 1983.

---. "An Introduction to *The Conchologist First Book.*" *The Conchologist First Book. Or, A System of Testaceous Malacology*. Philadelphia: Haswell, Barrington, and Haswell, 1839, pp. 5-8.

Peithman, Stephen, editor. *The Annotated Tales of Edgar Allan Poe*. New York: Doubleday, 1981.

Pollin, Burton R., editor. *Collected Writings of Edgar Allan Poe 1981-1997*. Vol 1 - *The Imaginary Voyages: Pym, Hans Pfaall, Julius Rodman*. Boston: Twayne. Vol 2 - *The Brevities: Pinakidia, Marginalia and Other Works*. Gordian. Vol 3 - *The Broadway Journal, Non-fictional Prose*, Part I: Text. Vol 4 - *The Broadway Journal, Non-fictional Prose*, Part II: Annotations. Vol 5 - *Writings in the Southern Literary Messenger.*

---. *Images of Poe's Works. A Comprehensive Catalogue of Illustrations*. New York: Greenwood, 1989.

---, editor. *Word Index to Poe's Fiction*. New York: Gordian P, 1982. Burton R. Pollin. Poe Creator of Words. Bronxville, NY: Rev. ed. Nicholas T. Smith, 1980.

Thompson, G. R., editor. *Essays and Reviews*. New York: Library of America, 1984.

Quinn, Arthur Hobson. *Edgar Allan Poe: A Critical Biography*. New York: Appleton, 1941.

Quinn, Patrick F., editor. *Poetry and tales*. New York: Library of America, 1984.

II. Selected References

Allen, Michael. *Poe and the British Magazine Tradition*. New York: Oxford UP, 1969.

Brigham, Clarence S. *Edgar Allan Poe's Contributions to Alexander's Weekly Messenger*. Worcester MS: American Antiquarian Society, 1943. http://www.highbeam.com/doc/1G1-91486428.html Jan.10, 2012.

Cantalupo, Barbara, editor. *Poe's Pervasive Influence*. Bethlehem, PA: Lehigh UP, 2012.

Hayes, Kevin J. *POE, THE DAGUERREOTYPE, AND THE AUTOBIOGRAPHICAL ACT. Biography: An Interdisciplinary Quarterly*, vol. 25, no. 3, Summer 2002, p. 477.

---, editor. *The Cambridge Companion to Edgar Allan Poe*. Cambridge UP, 2002.

---. *Poe and the Printed Word*. Cambridge UP, 2000.

Goldhurst, William. "Self-Reflective Fiction by Poe: Three Tales." *Modern Language Studies*, vol. 16, no. 3, Summer 1986, pp. 4-14. JSTOR, https://www. jstor.rog/stable/3194882.

Gruesser, John. "Outside Looking In: Edgar Allan Poe and New York City." *Poe and Place*, edited by Philip Edward Phillips, Palgrave Macmillan, 2018.

Kennedy, J. Gerald. *Strange Nation: Literary Nationalism and Cultural Conflict in the Age of Poe*. Oxford UP, 2016.

---. "Life and death: Poe and Kierkegaard." The dreadful allure of Edgar Allan. "*IAI, How the World Thinks*, *An online magazine of big ideas.*" no. 88, 12, May 2020.

Lewis, Paul. "Edgar Allan Poe's writings about plagues and how they relate to the current pandemic COMMENTARY." May 12, 2020.
http://www.baltimoresun.com/opinion/op-ed/bs-ed-op-0513-edgar-allan-poe-coronavirus-pandemics-20200512-qygmt66olrhldgaed2u5aqkz5m-story.html

Marks III, William S. "The Art of Corrective Vision in Poe's "Sphinx." *Pacific Coast Philology*, vol. 22, no. 1/2, Nov. 1987, pp. 46-51. JSTOR, https://www.jstor.org/stable/1316657.

Mattison, Ben. *American Daguerreotypes.*
http://www.americandaguerreotypes.com/March1, 2012.

---, *The Social Construction of the American Daguerreotype.*
http://www.americandaguerreotypes.com/March10, 2012.

Miller, Linda Patterson. “Poe on the Beat: "Doings of Gotham" as Urban, Penny Press Journalism.” *Journal of the Early Republic*, vol. 7, no. 2, Summer 1987, pp. 147-165

Ocker, J.W. Poe-Land: *The Hallowed Haunts of Edgar Allan Poe*. The Countryman P, 2015.

Patell, Cyrus R. K., and Bryan Waterman. *The Cambridge Companion to the Literature of New York*. Cambridge UP, 2010.

Peeples, Scott. “No Direction Home: The Itinerant Life of Edgar Poe.” *Poe and Place*, Palgrave Macmillan, 2018.

Philip, Edward Phillips, editor. *Poe and Place*. Palgrave Macmillan, 2018.

Poe, Harry Lee. *Edgar Allan Poe: An Illustrated Companion to His Tell-Tale Stories*. New York, 2008.

Poe, Edgar Allan. “From: *Doings of Gotham*.” *Writing New York: A Literary Anthology*, edited by Phillip Lopate. 10th ed. New York: Library of America, 2008, pp. 90-106. Print.

Quinn, Arthur Hobson. *Edgar Allan Poe: A Critical Biography*. Appleton-Century-Crofts., 1941.

Rosenburg, Charles E. “The Cholera Epidemic of 1832 in New York City.” *Bulletin of the History of Medicine*, vol. 33, no. 1, Jan.-Feb. 1959, pp. 37-49. *JSTOR*, https://www.jstor.org/stable/44450587.

Silverman, Kenneth. *Edgar A. Poe: Mournful and Never-ending Remembrance*. Harper Perennial, 1992.

Symons, Jurian. *The Tell Tale Heart: The Life and Works of Edgar Allan Poe*. London: Curtice Brown, 1978. 八木敏雄訳『告げ口心臓』東京創元社 ,1981.

Sweeney, Susan Elizabeth. “The Magnifying Glass: Spectacular Distance in Poe’s ‘Man of the Crowd’ and Beyond.” *Poe Studies/Dark Romanticism: History, Theory, Interpretation*, vol. 36, 2003, pp. 3-17.

---, “Solving Mysteries in Poe, or Trying to.” *The Oxford Handbook of Edgar Allan Poe*, edited by J. Gerald Kennedy, Scott Peeples, and Caleb Doan, Oxford UP, 2019, pp. 189-204.

---, "Death, Decay, and the Daguerreotype's Influence on "The Black Cat." *The Edgar Allan Poe Review*, vol. 19, no. 2, Autumn 2018, pp. 206-232.

Tatsumi, Takayuki. "Editing and Anthologizing Poe in Japan." Anthologizing Poe: Editions, Translations, and Trans-National Canons. *Perspectives on Edgar Allan Poe*, edited by Esprin, Emron, and Margarida Vale de Gato, Ohio UP, 2020

Trachtenberg, Allan. *Reading American Photographs: Images as History, Mathew Brady to Walker Evans*, 1989. 邦訳：生井英考・石井康史『アメリカ写真を読む——歴史としてのイメージ』白水社、1996.

Tsuji, Kazuhiko. *Rebuilding Maria Clemm: A Life of "Mother" of Edgar Allan Poe*. New York: Manhattanville P, 2018.

Walker, I.M., editor. *Edgar Allan Poe: The Critical Heritage*. New York: Routledge & Kegan Paul, 1986.

Whalen, Terence. *Edgar Allan Poe and the Masses: The Political Economy of Literature in Antebellum America*. Princeton UP, 1999.

Williams, Susan S. "Daguerreotyping Hawthorne and Poe." *Poe Studies/Dark Romanticism*, 37:1-2, 2004, pp. 14-20.

赤阪俊一・米村泰明・尾崎恭一・西山智則『パンデミック——<病>の文化史』人間と歴史社、2014.

芥川龍之介全集第七巻『侏儒の言葉・西方の人』岩波書店、1968.

池末陽子・辻和彦『悪魔とハープ——エドガーアラン・ポーと十九世紀アメリカ』音羽書房鶴見書店、2008.

池末陽子「鉄筆の力——マガジニスト・ポーの軌跡を辿る」小林英美、中垣恒太郎編『読者ネットワークの拡大と文学環境の変化——19世紀以降に見る英米出版事情』（音羽書房鶴見書店、2017）所収 pp. 192-210.

---.「E・A・ポー著作目録」鴻巣友季子他訳『ポケットマスターピース E・A・ポー』（集英社文庫ヘリテージシリーズ、2016）所収 pp. 787-99.

石原剛編著『空とアメリカ文学』彩流社、2019.

伊藤詔子『ディズマル・スワンプのアメリカン・ルネサンス——ポー

とダーク・キャノン』音羽書房鶴見書店、2017.
---.「アメリカンルネサンス的主人公の不滅――ファンショー、デュパン、オースター」成田雅彦・西谷拓哉・髙尾直知編『ホーソーンの文学的遺産――ロマンスと歴史の変貌』（開文社出版、2016）、pp. 215-39.
---."Poe and Posthuman Ecology in the Post-Apocalyptic Dialogues."『ポー研究』(*Journal of the Poe Society of Japan*) 8 (2016): 29-44.
---.「ポーとメアリー・シェリー」『アメリカ作家とヨーロッパ』（坪井清彦他編、英宝社）1993.
---.『アルンハイムへの道――エドガー・アラン・ポーの文学』桐原書店、1969.
--- 訳、ポール・ルイス、ケン・ラマグ絵『ゾンビで学ぶ A to Z――来るべき終末を生き抜くために 』小鳥遊書房、2019.
江口裕子『エドガア・ポオ論考――芥川龍之介とエドガア・ポオ』創文社、1968,
尾形敏彦『詩人 E・A・ポー――詩と詩論の全訳』山口書店、1987.
川戸道昭・榊原貴教編『明治翻訳文学全集　新聞雑誌編　19　ポー集』大空社、1996.
佐伯彰一・福永武彦・吉田健一編『ポオ全集』第 1 巻 , 東京創元社、1970.
---.『ポオ全集』第 2 巻、東京創元社、1970.
---.『ポオ全集』第 3 巻、東京創元社、1970.
佐渡谷重信『ポーの冥界幻想』国書刊行会、1988.
巽孝之訳『黒猫・アッシャー家の崩壊――ポー短編集Ⅰ　ゴシック編』新潮社、2015.
---.『モルグ街の殺人・黄金虫――ポー短編集Ⅱ　ミステリ編』新潮社、2009.
---.『大渦巻への落下・灯台――ポー短編集Ⅲ　SF& ファンタジー編』新潮社、2015.
中村融「日本でのポー 1 書誌――大正 1 年～昭和 11 年（改訂版）」から 13. 茨城大学教養部紀要 1-13.

西山けい子『エドガー・アラン・ポー――極限の体験、リアルとの出会い』新曜社、2020.

西山智則『エドガー・アラン・ポーとテロリズム――恐怖の文学の系譜』彩流社、2017.

---.『恐怖の表象――映画 / 文学における〈竜殺し〉の文化史』彩流社、2016.

野口啓子・山口ヨシ子編『ポーと雑誌文学――マガジニストのアメリカ』彩流社、2001.

野村章恒 『エドガー・アラン・ポオ――芸術と病理』金剛出版、1969.

福島祥一郎「ポーとニューヨーク――「スフィンクス」にみるトポスと視覚の関係性」『ポー研究』12 (2019): 35-44.

宮永孝『ポーと日本――その受容の歴史』彩流社、2000.

八木敏雄編訳『ポオ評論集』岩波書店、2009.

八木敏雄、巽孝之編『エドガー・アラン・ポーの世紀　生誕200周年記念必携』研究社、2009.

鷲津浩子『時の娘たち』南雲堂、2005.

III. Website

Edgar Allan Poe Foundation of Boston, Inc: http://www.bostonpoe.org/

Edgar Allan Poe Museum: http://www.poemuseum.org/

Edgar Allan Poe National Historic Site: https://www.nps.gov/edal/index.htm

Edgar Allan Poe Society of Baltimore: https://www.eapoe.org/

The Raven Society of University of Virginia: https://aig.alumni.virginia.edu/raven/

"Edgar Allan Poe in the Bronx." Bronx Historical Society, Bronx Historical Society, http://bronxhistoricalsociety.org/poe-cottage/.

【編訳著者】

伊藤詔子
（いとう　しょうこ）

広島大学名誉教授。
ポー、ソロー等英米ロマン派、環境文学とエコクリティシズム研究者。
日本ソロー学会顧問、ASLE、国際ポー学会名誉会員、日本ポー学会副会長、
エコクリティシズム研究学会会長。

著書:『アルンハイムへの道』(桐原書店、1986)、『よみがえるソロー』(柏書房、1998)、『はじめてのソロー』（NHK 出版、2016)、『ディズマル・スワンプのアメリカン・ルネサンス——ポーとダークキャノン』（音羽書房鶴見書店、2017)。
共編著：『エコトピアと環境正義の文学』（晃洋書房、2008)、『カウンターナラティヴから語るアメリカ文学』（音羽書房鶴見書店、2012)、『トランスパシフィック・エコクリティシズム——物語る海、響き合う言葉』（彩流社、2019）他多数。
英文共著：*Poe's Pervasive Influence.*（Le High UP, 2012）; *Oxford Research Encyclopedia*, “American Nuclear Literature on Hiroshima and Nagasaki” (2017); *What would Henry do? Essays for the 21st Century*, (Concord:Thoreau Farm Trust, 2017) 他。
翻訳：ポー「アルアーラーフ」（政治公論社『無限』)、ソロー『野生の果実』（松柏社、2002)、ビュエル『環境批評の未来』（音羽書房鶴見書店、2007)、ポール・ルイス、ケン・ラマグ絵『ゾンビで学ぶ A to Z』（小鳥遊書房、2019）他多数。

【著者】

エドガー・アラン・ポー
（Edgar Allan Poe）

本書「エドガー・アラン・ポー作品年譜と関連年表」を参照のこと

【新編《しんぺん》エドガー・アラン・ポー評論集《ひょうろんしゅう》】
ゴッサムの街《まち》と人々《ひとびと》 他《ほか》
＋論説《ろんせつ》「コロナ時代《じだい》にニューヨーク作家《さっか》ポーを読《よ》む」

2020年12月10日　第1刷発行

【編訳著者】
伊藤詔子

【著者】
エドガー・アラン・ポー

発行者：高梨 治
発行所：株式会社小鳥遊書房《たかなし》
〒102-0071　東京都千代田区富士見1-7-6-5F
電話 03-6265-4910（代表）／FAX 03-6265-4902
http://www.tkns-shobou.co.jp

装幀　鳴田小夜子（坂川事務所）
印刷　モリモト印刷株式会社
製本　株式会社村上製本所
ISBN978-4-909812-47-6　C0098